有多少人和事我们爱着

向建国　著

天津出版传媒集团

百花文艺出版社

图书在版编目（CIP）数据

有多少人和事我们爱着 / 向建国著 . -- 天津 ：百
花文艺出版社，2024.1
　　ISBN 978-7-5306-8748-2

　　Ⅰ. ①有… Ⅱ. ①向… Ⅲ. ①诗集－中国－当代
Ⅳ. ① I227

　　中国国家版本馆 CIP 数据核字（2024）第 009837 号

有多少人和事我们爱着
YOU DUOSHAO REN HE SHI WOMEN AIZHE

向建国　著

出 版 人：薛印胜
责任编辑：张　雪
装帧设计：吴梦涵
出版发行：百花文艺出版社
地址：天津市和平区西康路 35 号　　**邮编：**300051
电话传真：+86-22-23332651（发行部）
　　　　　　+86-22-23332656（总编室）
　　　　　　+86-22-23332478（邮购部）

网址：http://www.baihuawenyi.com
印刷：三河市华东印刷有限公司
开本：880 毫米×1230 毫米　1/32
字数：180 千字
印张：13.75
版次：2024 年 1 月第 1 版
印次：2024 年 1 月第 1 次印刷
定价：68.00 元

如有印装质量问题，请与三河市华东印刷有限公司联系调换
地址：三河市燕郊冶金路口南马起乏村西
电话：19931677990　邮编：065201

感受来自地方的新鲜信息

艾翔

《有多少人和事我们爱着》是一部"世界的窗口"类型的作品。我心里的重庆画像，有解放碑商圈、跨江索道、长安汽车、李子坝轻轨站，还有工业博物馆，更不用说时尚的电竞文化和说唱文化，重庆充斥着磅礴的现代感。固然有"山城"名号在外，但我总以为山城就是山中城市，这部诗集在实现审美目的的同时，让我看到了自己认知的局限。

向建国在诗集里主要描摹的是地方景物，"忠县""乌杨""官坝"等实际地名多次出现在诗题以及诗文中，桑葚和桑葚酒这样的特产和乡村常见的植物也有更高的出现频率。与此相匹配的，是时令的频繁出现，如"深秋""端午""立秋""冬至""四月""夏荷""初春""元宵""七夕"……诗人巧妙地将写作时间、吟咏对象、周遭环境、农耕节奏和传统文化结合在一起。读这部诗集，能感受到一轮轮的光阴变迁。这种既包含动态变化，又深藏了周而复始循环的写作方式，呈现出诗人及诗作中变与不变的东西，生成出了永恒的诗意。这种节奏，与现代化大都市完全不同，却与诗人倾力表现的乡土世界完美契合。从中我们能够感受到诗人"我爱这土地"的深沉情感，同时在将这种情感落地的过程中，描摹出了故土的景色、人情和历史的美好。

作为一名现代诗人，向建国的诗无疑是现代的，这似乎是一句废话，其实不然。他在《深秋》里描绘出一副动态图景，即使是不会移动的植物也显示出动态的美感，当然这是因为抒情主体自身在移动产生的视觉错觉，但这种陌生化处理的同时也将行旅感知化了，如同快进镜头。同样在《冬至》里也表达了对动态生命的渴望，以及对静止生命的疏离。《站在时间的河流》整体结构是从现实经由玄虚重新走向现实，表面上是一种循环结构，但其实又不循环，心里的稳定状态转变为不稳定状态，也就打破了循环，结尾由于多义显得多彩多姿，这体现的是一种不确定性。但他的诗歌里，更多的是充斥着现代化与传统生活及其伦理的冲突，比如《梦回十字老街》中斑驳的记忆被闪耀的霓虹灯冲撞，导致浓烈的乡愁无处寄托，面对时间的无奈感油然而生。不过他并非现代化的抵制者，相反他在作品中集中表现了乡村现代化带来的实实在在的改变。正是这样才更觉察出诗人的内在丰富性，他提出了一个无论是个体或是时代都无法克服的难题，至于难题的解决，除了交付诗意别无法他。也就是说，向建国的抒情，不是无感而发的无病声音，而是真实可触的现实矛盾激发出的自然流露。

诗集更多呈现出来的则是传统文化滋养的一面，这可以说是全方位的。首先是诗人化用了许多传统诗词里的意象、表达和意境，比如《溪水拍打着沉默的岩壁》最后一节化用了刘禹锡的《乌衣巷》，同时加入了自己的思考，那便是强调个体生命渺小的同时展现他们的能动性，由此生发出他独特的历史观，即只有被个体感知的历史，才是最熠熠闪耀的历史。《小寒》则是另一种，没有直接的转化使用，而是通过场面和意境的描绘，重现白居易《问刘十九》的阅读体验，一派恬淡看沧桑、岁月纵往亦深情永在的襟怀。《秋意被田野捧出》在表面上是一首彻头彻尾的现代诗，其内在古韵来自于古典伦理的泛化——"花朵说过的话 / 早已兑现枝头"——甚至影响到了植物。这种道德化的乡村与自然在诗人作品中并不少见，是对自然规律的道德化理解。《乡间》这样充满禅意的观察也不是个例，乡间的人与牲畜没有明显的界限，泛化的道德普遍适用。《今古情怀，溢满忠州烧酒》写尽了饮酒和回望历史的潇洒，颇有李白的洒脱率性。但似乎诗人有意识区别于李白，《渴望》用更加直接的方式重写《月下独酌》："拿什么填补空虚的内心 / 月下独酌对影也只有三人"。离乡的孤寂无法释怀，纵使援引李白也改变不了心境，也就难以重复李白的潇洒。这首诗非常确信人无法脱离地方的影响，深层是一种文化记忆或集体无意识的哲学命题。

诗人赋予乡土的往往是诗意和温情，赋予地方的则是历史和哲学的深邃。《官坝桑葚酒》从本地酿酒工艺工序入手，将物质时间化，将精神物质化，呈现了审美奇观之余，传达了这样一种历史观，即不必等待对历史的权威解读，直接从地方就可以进入历史，这样感悟出的历史带有了鲜明的个体性，也更有亲近感，并由此克服了历史的森严和压迫。《访巴蔓扎营》是一首具有奇绝艺术魅力的作品，巴蔓子同样出自《华阳国志》这样并非统一叙述的地方史志中，背景故事是东周时期巴国"刎首留城"。这股精神到了东汉末年，延续体现在了巴郡守将严颜身上，面对张飞的怒喝，毫无畏惧地说出"有断头将军，无降将军"这样永载史册的豪言。先秦的血性，曾经令郭沫若和张承志都无限神往，其实在边地一直都在存续。诗人用诗意描绘了金戈之声和血性之气，既是对历史精神的延续，又是对边地文化的传扬。可以说，对故土的柔情与对英雄的仰慕在诗人这里被完美统一在了一起。

虽然这部诗集中绝大部分的诗歌是出世的，但也有一些作品写出了现代社会的纵深面，《雪花下的都市农民工》写了人海中的个体，更突出形象，而非作为概念或者意识形态的群体。描写从面容到精神，表现了疲惫身躯下活跃的内心，展现出一个硬汉形象：外表坚毅沉默，内心却柔软温情，但这些都还只是人文关怀层面。当他说到"何时　他乡不是故乡"其实暗中牵涉到众多社会焦点之一的户籍问题以及相关的诸多境况，特别是户籍与认同感的问题。《逆光的剪影》则为环卫工人画像，赋予劳动以诗意。这类书写，都让诗作非常可贵地折射出一个现代城市的社会学、政治学、哲学的层面。

这部诗集中的作品还有一个非常突出的特点，就是对含混的灵活使用。此前提到抒情主体乐于将乡土万物都视为同类，遵循相同的法则。《我热爱的乌杨》将历史与酒等量齐观，因为历史的内核是时间，酿造也诉诸时间，有意味的是作为文学阅读者我们都知道音乐、口传文学以及书面文学都是时间的艺术，也就是说"历史""酒"和"叙述"与"抒情"成了同构的东西，内涵可以互通，也互为理解彼此的通道。《八月的稻田》更进一步将酒（"陈酿"）、劳动（"秋收"）、奢侈饰品（"珍珠"）和"粮食"以及文学（"词"）这些内心的圣物并举，一系列明示和暗示造成了身份的含糊：饮者？劳动者？知识分子精英？诗人？抑或贵族？结尾处进一步升华，主动剪灭主体性，融入自然，反而促进了新生的主体性。"我"不是"我"，既"超我"又"自我"，无处在又无所不在。写作和阅读的过程如同古代再生/复活神化的模拟。这些都令诗集的内蕴更显幽深。

如果要说不满足，我想恰恰是诗集对乡土完善的描绘所附带的效果，那就是对最为现代化都市在诗意呈现中的缺失。固然，在《面朝大海，春暖花开》这首体量较大的诗中，复刻了1970年代工业文学的恢弘场景和气势。《乌杨水泥》则将钢花飞溅的工业场景和万家灯火的生活场景重叠，营造出有情的现代化。但总体来说这一类诗还是很少，《塘土坝》提到了工业新区，《乌杨小镇》提到了金龙船厂，但仍然都是古镇叙事。诗人借鉴海子的诗题，应当是出于喜爱，不过取法集中于浪漫精神的萃取。《梨花树下》这首诗似乎有内心痛苦，但并不表达，很快转入一种明亮愉悦的心境，缺少了另一种可能，像海子《九月》那样辽远又沉重还豁达的多重意境。总的来说，向建国在乡土方面的抒情卓有成绩，但可以并不局限于此，工业诗、方言诗、民歌体以及内容和意境上面的凝重或玄虚，都可以尝试，毕竟这更能突显"世界的窗口"这一特性，从诗人现有成绩来说或许也并非难事。这些未来的可能，和这部诗集呈现的乡土世界一起，坚定了我们未来对诗人的期待。

2023 年 6 月 3 日于天津

目录

第一辑 在时光潋滟之上

时光落在葡萄园里 /3

雪花下的都市农民工 /5

时光隧道 穿越瓷井记忆 /7

我看见风的翅膀颤抖 /9

守山的老人 /11

走过浮华 /12

父亲 /14

书 /15

一瓣荷花 /16

黄土那口古井 /17

时光老去 /19

誓言 /21

月夜 /22

青春的云朵 /23

高粱红了 /25

蝶变 /26

月光隐去时生出了新年 /27

和一段时光告别 /28

腊月 /30

站在时间的河流 /31

在时光潋滟之上 /33

春雨潇潇 /36

官坝桑葚酒 /37

访巴蔓扎营 /39

烟雨重楼的人和事 /40

深秋 /42

七彩夜空 /43

从晃荡的脚手架下来 /45

溪水拍打着沉默的岩壁 /47

渴望 /49

梦回十字老街 /51

端午——致屈原 /53

往事越千年 /54

问天下谁是英雄 /55

立秋路上 /56

在夜色中赶路 /58

就是这样的夜晚 /60

秋分 /61

冬至 /63

人在荷叶里 /64

山村秀丽 /66

忠县博物馆观制窑盐 /67

雷声扣响梦里的四月 /69

清明又一次来临 /70

春雨来临 /71

乌杨水泥 /72

读懂 /73

倾听或回望 /75

小寒 /77

大寒 /78

除夕夜的山村 /80

倒春寒是一场意外的风景 /82

打开书页 /84

立夏 /86

我热爱的乌杨 /88

七彩水稻 /90

夕阳下的千年古树 /92

皇华城 /94

告别一年最短的白昼 /95

太阳把热情煽到极致 /97

巡山 /99

今古情怀，溢满忠州烧酒 /101

歌唱或守望 /103

冷与宁静的梦爬上来 /105

故乡的苦楝子树 /107

一股清流淌过喧嚣的人间 /109

一片冬麦 /111

村口那棵苦楝子树 /113

逆光的剪影 /115

他乡 /117

最后的麦田 /118

人在山中 /119

我拿什么献给你 /121

秋思 /123

我从山中来 /125

云岭秋声 /127

我就是那个等着黎明的人 /129

深秋滨江路 /131

土家人因竹铃球而神秘 /132

老街 /134

立秋 /136

第二辑　手心里的山水

层林尽染　谁错过那一季最美 /141

东风劲吹 /143

伫立千年的古松 /145

蝴蝶花儿 /146

夏荷 /147

愿 /148

寻梦 /150

缘 /151

五月，官坝桑葚熟了 /153

二月抒怀 /155

突围着青春的潮红 /156

塘土坝 /158

白云，低伏在寂静里 /160

山中 /162

天子山下的冬天 /164

雪夜 /166

绝壁之上 /168

夜幕下的滨江路 /170

在翠屏山 /172

回乡的路 /174

都是我深情的期待 /176

暴雨吟 /178

乌杨小镇 /180

绿萝 /182

泥土 /184

祥云 /186

黄昏后 /187

河边 /188

沿着风生水起的河畔 /190

下雨了 /191

河岸灯影 /192

夜色里的冬水田 /194

八月的稻田 /196

月夜 /198

初春 /200

从方斗山到乌杨溪 /201

梨花树下 /202

圆梦 /204

远方人家 /206

今夜 /209

四合院 /211

山村 /212

秋意被田野捧出 /213

乡间 /214

我喜欢这漫无目的地行走 /215

夕阳下的吊脚楼 /216

小草 /218

莲叶上的蜻蜓来去无声 /220

雨中人在半坡上 /222

花果同树的缘 /224

雨水和阳光吻过 /226

在望穿春水的池塘 /228

今年的果实比往年更红 /230

雪中火棘 /232

折一枝柳条吐露岁月的葱茏 /234

片片落叶暗长着喜讯 /236

沿着叶脉走向果实 /238

我们在这里相约 /240

乡村阅览室 /241

这无限蓬勃的梦 /243

这汹涌澎湃的河流 /245

岭上九月红 /247

阳光在乡村游走 /248

第三辑　甜梦从心灵深处涌来

约定终生你是我望眼欲穿的岸 /253

坐在七彩湖畔的草地上 /255

追梅的人 /256

远望尘烟之后 /258

大寒，最后一个中国节 /260

过了这个冬天 /262

黄昏下的落叶 /264

我是山谷里一轮月华 /266

桃花人间 /267

元宵夜下的等待 /269

栅栏 /271

我的红袜子 /273

山中雪蝴蝶 /274

故乡的油菜花 /276

荷思 /277

桃花落 /279

老街寻梦 /281

东坡书屋 /283

河边 /284

月亮落在谁的心里 /286

寂寞在柳枝下 /288

满山红叶似彩霞 /290

山花 /292

开满秋天的山菊花 /294

芙蓉花 /297

莲子已成荷叶老 /299

这样的时节 /300

三峡湖之夜 /302

秋收后的黄昏 /304

秋的心事 /306

小雪 /308

甜梦在心灵深处 /309

春梦随醒 /311

与蒲公英书 /313

七夕 /315

又是一年高粱红 /317

十月 /319

时间比落叶守时 /321

橘子红了 /323

缘来和花朵的故事彼此青睐 /325

晨光摇曳浪漫裙花 /327

往事 /328

我曾经爱过你 /330

接近太阳的日子 /332

忆 /334

寂寞 /336

夏至 /338

越来越近的快乐走向我 /340

嫩绿未成荫 /342

浣衣女 /344

面朝大海，春暖花开 /346

我只想坐在春色的旁边思念 /349

千野纳凉 /350

影徒随我身 /352

写给老婆的诗 /354

盼 /355

雪花漫下来 /357

山林黄昏 /359

春雪 /361

等待 /363

回到深山 /365

一盆三叶草 /366

晚霞落在荷塘里 /368

月光从花坛跳出来 /369

梦幻与星光 /370

叠彩巴岭名满四方 /372

默契 /374

路过你的内心 /375

第四辑 我们和你在一起

如梦初醒在天上人间 /381

小康路上 /383

扶贫路上 /385

日子被时光改写 /387

农家 /390

金色的秋天从山里走来 /392

思念在我心上开启 /394

入口 /396

重生 /398

扶贫路上的合唱 /400

爱心滴穿礁石 /401

今天，我又来到这里 /404

我们在哪里相遇 /405

阳光下的柑橘 /407

只为那贫瘠的，永不再来 /408

新生 /410

承诺 /412

一片高粱让梦不再虚无 /414

友情推荐语 /417

第一辑　在时光潋滟之上

时光落在葡萄园里

漏下一地碎光阴
孵化出一湖波光的温暖与晶莹
匍匐的茎，时光的翠色

绿萝藤的故事日渐茂密
一树花开落英招摇
浸透的时光，美得无处躲藏

有好多美女在摊开掌心释放青春
比葡萄艳丽，比秋阳明快
恰似低头的温柔与悸动

去谛听葡萄园的梦境
去引燃丢失的晚霞与星月的密语

寻寻觅觅那么轻，那么近

一朵云彩高于时光之上
从青涩到成熟的微笑
跌落在桃红一样，熟透的妩媚里

雪花下的都市农民工

雪花轻盈苍茫

洒满一地银光

都市里　人来车往

比大海辽阔而繁忙

你　躬背托举起

城市的大街小巷

孱弱的身躯　随波逐流

让负重沉淀沧桑

夜色抖落一身尘埃

蜗居的工棚　北风荡漾

斟一杯乌杨老白干

盛满疲惫和孤独

几颗花生米下肚

蹦起红晕的青筋
舞蹈着摆脱重压的火凤凰

月光抚慰着疼痛的筋骨
梦呓里用思念疗伤
何时　他乡不是故乡
雪花飘零的泪　潮落潮涨

时光隧道　穿越眚井记忆

传说中的结绳记事

也来自眚井一隅

我们的祖先在你身边

开山凿石　凿井而饮

恋爱然后死亡

化成眚井岩盐一同沉积

尘封的灶台　依稀远方的踪迹

我踏着尘埃与喧嚣的路寻觅

古老的岩盐　不言不语

松涛阵阵　水翻涟漪

倾听　远古磨石霍霍的历史

眚井　就是作古化石

我也能找出前世的盐卤一滴

岁月流金　梦回往昔

遥看咸味吹醒了陈迹

斑斑点点　有着怎样的传奇

倾尽一生的情　阅尽沧桑世事

曾经的繁华　古老而沉郁

枯井　叮当作响的回音

岁月　谨慎收藏的秘密

稻田　夕阳晚照的竹笛

湖边　月上柳梢的细语

凝固成风光旖旎的风景

涌动的历史在这里沉思

远天　水面惊鸿的叫声

掠过宽阔的湖水　飞翔

我看见风的翅膀颤抖

一座倒影水乡的村庄

正被打桩机夯实

伫立的脚手架

如一道攀往天边的长梯

远去了　一部被湮没的历史

一阵绿色花蕊的雨

一阵惊人的花粉升起

一阵百合花芳香的气息

从空气中震撼最后的结局

粉蝶在痛苦中展翅

触须吻着颤抖的大地

借着枯草的掩饰

看挖掘机在沃野奔驰

丛林里倒下　可怕的旗帜

捧着补偿款的农民

喝的不是酒　而是土地

我看见风的翅膀颤抖

尘土裹挟着粉蝶蜿蜒前行

何时再等一次钟情的回眸

重温疏枝暗影姗姗来迟的矜持

远天　一只水鸟惊慌的叫声

透过芦苇　留下孤独的影子

守山的老人

核桃般黧黑的脸
山一样阴沉
除了脚下的大山
从没有拥抱过女人

一只黑色的牧羊犬
伴他走过一山又一山
黑色而凄清的林海雪原

那年　燃烧的风
风干了木屋前的清泉
是他倔强的守望
润泽了一树树
沧桑的年轮

走过浮华

多少月下浪漫羞涩誓言

多少浮华烟雨金丝锁链

多少流离失所沧海桑田

噙在记忆的眼角　从那些

烟笼寒水的绿荫溢出

玉珠般弹跳　迷惘我的恩怨

闯过迢迢岁月风尘

穿越时间空间界限

浮在花朵上的曲子

在一场雨水后　没有你

没有我　也没有从前

阶砌下鸣叫的蟋蟀

家园里弥漫的小草

与我失散多年

依稀的梦和愁

内心的喧哗纷扰

凝成露珠　饱含草尖

在晨曦的流光里

消遁

父亲

年近八旬依旧容光焕发
绽开的笑脸　一望无牙
倔强坚守那一片故土
多了我隔山隔水的牵挂

燕子回时我又一次回家
阳光亲吻着摇曳的菜花
蝴蝶在花蕊里舞蹈
一缕新韵萌动满山的新芽

父亲荷锄归来在屋檐下
一把破蒲扇把鸡鸭驱打
旱烟缭绕进他满头白发
木屋上也爬满了豆角丫

书

那么多书在我的书架
仿佛静谧地一潭湖水
灯光照着我翻书的影子
入无人之境

西风穿过气旋
星光低垂暗夜
青灯伴卷完成生命的流浪
面朝大海淘空这浮华

书像美人鱼在沉睡
我是一条没有航标的河流
摸不清前世今生
又忘了自己身在何处

一瓣荷花

妈妈　再也看不到七月的荷花
坟冢摇曳的新草一天天长大
我的泪已在祭七的黄昏路上
一次次低下头　听荷风敲打

记得你种一节藕就捶一次背
沿着叶脉聆听嫩藕发出新芽
那最亲近最艳丽的一瓣荷花
是你捧一杯春日编织的奇葩

妈妈　又见你在荷月下梳头
莲子熟了　凑足你满头白发
来到你的墓前　听一只萤火虫
传来荷塘中打捞蓝月亮的话

黄土那口古井

黄土那口古井
穿越了时空，夕阳西下
回望嘀嗒的时间
凹陷的历史在心里
轰然如花绽放

青山依旧，竹林茂密
一个老人倚杖归来
抓住一束光线的温度
把曾经甜美的泉水
反刍回温

夜色从对门云岭飘过
曾让世界充满温暖的古井

与寂寞对峙。声声雁碎

揣入谁心里，一粒梦的种子

在古井在黄土村，去寻找

丢失的年轮

时光老去

幽深的天空，谁转动星河
把皇华岛丢在忠县长江的水中
隔岸远眺，有一位伊人
低眉若水，求缘千年
醉舞在尘世之外

被河流和群山环绕
天空和大地随意旋转
仿佛被包裹着整个心跳
皇华岛，每退一次潮汐
整条河流就屏住呼吸
草滩湿地也茂盛一次
一只蝴蝶把自己丢在这里
歌舞着一个王朝的荣枯兴衰

太阳从高处鸡公岭下来

菡萏的花影在苔痕上晃动

拜访岛屿时，从岛上

木屋深巷里走出两条大狗

裹紧自己呼喊的名字

流落为咸淳府邸把守旧址

布满弹洞的城墙，透过

一圈一圈残阳

照亮了一个将军的废墟

黄昏从湖面升起温暖的底色

再远处，山峦起伏

凝固的历史随时光老去

一块神秘的象鼻子石，年年岁岁

依然在宽阔的湖边收纳落日

誓言

黑板的尘灰淅淅沥沥
在你的发丝布满陈迹
散落的雪花，飘落你的名字

掌心紧握千年的誓言
策马奔驰，几重烟水
从太阳取下火种焚烧自己

发丝苍白如花
你走过的方向天籁和鸣
满树桃李，触手可及

月夜

一捆一捆，用谷穗喂养月亮
夜来香的妩媚在脱粒机声中
轰鸣出，一袭暗香

分娩着谷粒稻草的月影
萤火虫内心暗藏的絮语
透过夜色，定格在红红的日子

风信子爬上高高的谷垛
稻谷尘埃一样落定安详
像母亲的乳房，如此饱满剔透

嘱托在谷垛辗转愁眠的蜻蜓
坚守着启明星的秘密
荷塘月色，可有她立在叶之上

青春的云朵

揽一江薄雾
洒一片晨露
披一身晚霞

生在船头，长在水
湍急的流水中挂前世之帆济今生

渔舟唱晚的江边
那些青春的云朵，放逐在渔网里
像逐自己狂野的灵魂

红尘旧事，白鹭阵阵
绽放的渔网怒放的生命
江上风清掠过青春浅影

泛起柔婉的问候

枕着美人鱼梦的娘子多么甜蜜

染红碧水，醉倒了霞光

高粱红了

澎湃如血染的风采

喝着乌杨酒水长大

十里高粱红遍仿佛一盏盏灯笼

披星戴月，追赶行程

一簇簇高举夏日的云朵

在光明中耐心守候

伊人的眼眸盈满泥土的芬芳

一生的坚韧，沉淀千年

一滴乌杨酒，一地月光光

那是阳光跌落的地方

白露为霜的岁月深处

火红的诗意占领了整个秋天

蝶变

燃烧吧，燃烧
蔑视尘世风声雨声
血脉战栗出一曲火焰

翱翔光影之间
舞动情，舞动爱
追逐花开花谢的过程

惊醒尘世繁华
飞绿深春浅夏
一段尘缘，一幅翩跹

月光隐去时生出了新年

那些满是尘埃的诗句
从冬至里款款走来
一年的奔波劳顿
锁在今晚的夜色里

半夜里举起了灯盏
寂静的枝丫，虔诚地
向星空寻找未来
圣洁的雪花，月光隐去时
生出了新年

歌声持续，我们被一些音符开拓
钟声袅袅，落在看不见的深巷里
院落，最后一堆篝火熄灭
黎明的翅膀溅起满村的喧哗

和一段时光告别

雪儿衣袂飘飘降临人间
梅的风姿一袭青衣向你走来
钟声敲过，一些梦幻饱满
珍藏一冬的情感在大地颤动
和一段时光告别

风信子托起一轮幸福
舞姿乘着阳光的翅膀
飞过相思的村庄与梦幻
跃动的起伏的光芒
沿着流年，在为你绽放心愿

我什么也不去想了
放下那些曾经恨过与爱过的人

迎风踏上那条美丽的山径

迎接雷声滚过之后

你亲手传递，那一抹温暖之色

腊月

打理完流水线最后一道工序
归家的渴望打包在重重的行囊
轻饮一杯随身的乌杨老白干
窗外　声声爆竹鸣奏　灯火辉煌

如期而至的寸金光阴　浸透沧桑
心　一阵紧似一阵　火车
在冬夜里朝着那个方向　哐当哐当
那些胆怯和慌张　别在我的衣襟上

揉着惺忪眼睛的村庄　望断归程
是远山之外最后一道远山
我要赶在除夕钟声敲响之前
醉倒在故乡　偎依在红泥火炉旁

站在时间的河流

黄昏从一座桥上走来
江水的倒影留下由衷的赞美
两岸霓虹闪烁
北风中的树影　摇曳起
河畔涟漪永恒的景色

心的微澜　穿透无垠的蓝
长江北风萧瑟　我沿岸而行
城市的喧嚣越来越远
夜色温润　令人驻足
一个不断过滤的自我

逆江而上的渔翁
在水声里打捞满湖星光

站在时间的河流

世间山水荡漾在我面前

所有心颤的名字

隔江喊话后

会不会踏浪而来

在时光潋滟之上

那些远去的情感
在时光潋滟之上
溅起心灵深处的微澜

摇醒已久的乌篷船
宽阔河面，让我一生深情寻找
清风小桨里　仰头寻觅
一些姗姗来迟的背影
挥之不去的明月藏着甘甜

蹚过无数条河流
曾经的背影征尘
那些山长水远
追随盼望的青涩果实

在一截一截的时光深处

怀抱着涛声入梦

我的爱隐匿在岁月里

一夕落霞从远天降临

瑟瑟的江天余晖

在我面前一丝丝碎裂

古旧与昏黄的氛围

报我以慈祥的微笑

人间星火，摘自银河岸边

一直向着电网高塔

踏月色、战风雪、起五更

离天再近一点

人间星火，摘自银河岸边

从地缆角落到空中架线

从巡线检修到四处抢险

为了万家灯火

你夜不眠，月光也不眠

远方，又一座电网高塔落成

光阴的此岸和彼岸

在你按捺不住的激情里

牵引成一朵朵，怒放的青莲

春雨潇潇

春雨抚慰着原野，洗涮花间尘埃
仿佛垂下柔软的羽翼
守着时间，等待万物茁壮有序
奔跑的声音，抵达远方

仿佛一位水灵灵的妹子
在花丛间簇拥，滋润这人间三月
用最温暖的目光遥看人生
多少故事，聚散离合

离人心上，梦幻蓝色
当燕子衔来一截失眠的目光
在无尽的雨丝里
夜来风声，震落几朵微笑的桃花

官坝桑葚酒

一层桑葚果　一层白砂糖
如法炮制　密封于地下
覆古盖今
意境便是漆黑的夜色
时光隧道里苦练济世的毒

经年以后　一坛坛桑葚酒
憋足一世的活力
按捺不住打开的潮红
祛风湿　通经络　行水气
调理出多少官坝豪情

没有来得及告诉你
这个春天　桑葚的酒香

散发着千年盛唐的味道

记不清什么时候开始

那些誓言和泪水　闪动灵光

在伊人的酒杯里

婉转成淡蓝色的酒窝

访巴蔓扎营

行走在四月风景之上
那些光怪陆离的树影
穿行千年的夕阳
巴蔓扎营的红旗猎猎

竹海的风涌过来
山野更为宽大丰满
躺在绿野的臂弯里
一个王朝在梦中交割

晚霞般渺茫的万物
留下历史孤星点灯
一堆乱石
仿佛两千年英雄遗失的白骨

烟雨重楼的人和事

乌杨桥龙洞桥的流水

碾过时间的车轮

溅起古镇千年传说

黄昏里鸟鸣清脆的回声

划过木屋爬满蜗牛的屋顶

为旅途行人增添着呼吸

观音沟溪水 蓝得浸透灵魂

烟雨重楼关着的人和事

酒香雾气白云交替出没

智者一样合上乌杨经史

我内心有暖流涌出

带你去认罪 路过麻柳街

一条灰狗站在街中央

一句方言戳在时光中

一条里巷画地为牢

一抹斜阳 返照一段闲愁

望月怀远 独自徘徊

去我爱的人身边

寻找严颜将军庞大的根

把初夜留给第一只鸿雁

说吧 还有什么没有倾诉

乌篷船载我去远方

古镇沉睡江中　半梦半醒

湖水浩荡　带不走

沉入江心的青山和白云

而痴迷惆怅眷恋和不舍

在一株乌杨古树重开的春天里

高于我生命中

深秋

金色的风　裹着云涌动
秋声　吹皱一泓明净的水

一些叶子开始落下
覆盖起流水有韵的日子

风吹过枯草　吹过灌木丛
野菊们也从山坡走下来

殷红的枫叶　燃成一炬旺火
时间因为秋声而变得飞快

赶路的人　淹没在斜阳里
把伊人望断的路续上

七彩夜空

当落日最后一抹余晖

点燃万家灯火

忠州夜晚　若一弯缥缈的霓虹

这人造的星空　闪耀推出

"忠州欢迎你"　七色彩练

缤纷了千年的传奇

天上的星宿与飞鸟

在七彩的喃喃细语中

把忧伤抛向天空

它们惊奇欢喜　从此

夜晚不再深重

苍茫里　这天上的街市

北往南来的客商　眼里充满

世上少有的珍奇

我从翻滚的霓虹中抽出青丝

抓住满城星光

走在茫茫人海里

舒缓的柔柔的心事

和慢慢滋长的情绪

从心底缓缓四溢

从晃荡的脚手架下来

北风　吞噬着渺小的欲望
酌一杯家乡带来的老白干
体内藏着男的女的老的少的
望着意恐迟归的远方
独自用思念疗伤

每天在朝露中找到自己
等候都市里人来车往
收敛起对世界的奇思妙想
希望换来另一面天空
是他心中苦寻的月亮

从晃荡的脚手架下来
偶尔走向里弄街巷
听算命先生诉说命运

也曾撩起他满面红光

也曾拨动他诗意还乡

溪水拍打着沉默的岩壁

一条小溪　从远方

路过安详的院落

院子里一位银发老人

躺在椅子上闭着双眼

好似等待最后时刻的来临

时光洒在小巷深处

几百号人的房子出奇的静

吊脚楼倾斜滑下的瓦块

已被青草淹没

庭前那株高大的皂角树

枝叶摇晃出斑驳的光影

我的心若一片枯叶在风中飞旋

逆着时光　哼起古老的歌谣

溪水拍打着沉默的岩壁

我是从这里流出的一条血脉
我像一只蹑手蹑脚的堂前燕
回到故地不停地张望
穿过结着蛛网的小巷　找寻
从这里生成的历史通道
一些不可名状的东西
扑簌簌落了下来

渴望

也许时间只打了一个盹儿
一个乡村少年
就在他乡变老了
风，从花白的两鬓吹过
每一道皱纹都是故乡的烙印

每一个暮晚
他都喃喃自语
渴望返回故乡秋后的池畔
一个个斜照来临，又一天天过去
秋风中晃动的盏盏红灯笼
仿佛闪烁着故乡的遗韵

拿什么填补空虚的内心
月下独酌对影也只有三人

曾经的誓言和承诺

孤零零站在风里

梦回十字老街

这里改革开放之初的气息很浓

"新时快餐店""十字街百货"……

提篮叫卖的小贩穿梭不息

门板上"上美照相"的对联写着：

展现靓丽风采，留下精彩瞬间

又一次来到这里

"五金交电""钟表修理"闪烁的霓虹

剥落绿锈之上

色彩和气味依稀的"孔雀美发厅"

探出半遮的柔美

打开那扇虚掩了许久的门

云霞染红的秀发、脸颊

青春散落的语汇在这里集结

没有人会告诉你

"上海羊毛衫""光华百货"的招牌

被时光肆意鞭笞后的真相

人们远去，这十字老街的不远处

香山国际、香山湖、中博耸立的楼阁

那些暖起来的文字

也不能惊醒曾经的梦

端午——致屈原

汨罗江淌过的水声啊！
呜咽着一个民族的兴衰
把《九歌》和《天问》
熔铸进千年绝唱

携一壶雄黄老酒
沿着楚天漫山遍野的艾叶
呵护着远去的背影
悲凉成千古《离骚》

望穿的汨罗江
滔滔江水，开出诗魂的风暴
让我再次用刚毅和决绝寻着前朝的龙舟
激荡成山河依旧，生生不息

往事越千年

往事越千年
时光的龙舟
还在打捞夫子的风骨

糯米　菖蒲　粽子……
在五月集体落到水中
汨罗江不再风平浪静

雄黄酒　隐于竹简
用《九歌》和《天问》的魂
作一曲新词　不让时间荒芜

沿着布满艾草的堤岸
去大海寻找　有多少灵魂
在时光里破土　涅槃和不朽

问天下谁是英雄

楚王索城的使者
只带走巴蔓的头颅
雄关漫道，落日苍茫
残阳，滴着一个将军的血

三座城池还在，苟忍安宁
只是头在楚，身在巴
记忆溺水，刎首的剑
问天下谁是英雄

竹简里史书，涅槃和不朽
我已读不出声来
我怕怀念筋疲力尽
到达不了远古

立秋路上

当足蒸暑土的时候

秋风在路上被拦截

草帽下晃动的身影

隐匿在一片高粱红里

穹顶越来越高

万里无一丝云彩

搂住高粱的手

不停地翻看那片火烧云

一股流动的热浪

搅动立秋的色彩

看着初秋的眼睛

因为酷热，我无法走向你

落日滚滚远去

夜幕送来月亮的喧哗

那一杯杯绿蚁新醅

是她剪落云端的风雨

在夜色中赶路

黄昏低下了头

晚霞与山冈私奔

萤火虫点亮的喇叭花

为我在夜色中饯行

不会害怕迷路

因为明月高悬

照亮人间所有行路

那朦胧起伏的群山

交替变幻着色彩

像沉睡的伊人

就着夜色，爱或者等待

一个人的夜色中

白天也少有人光顾的地方

杂乱掩着孤寂

芳草比人茂盛

一片夜露滴落　惊醒

渐行渐近的晨风

就是这样的夜晚

月亮高悬
抵达露珠飘零的子夜
树木　群山
一起笼罩四野

就是这样的夜晚
第一次在高速路口值守
以鹰一样的眼神
检查无数旅者
探寻所有轨迹

月光在天上守诺不语
我们一同期盼
生命的哭喊推翻黑夜

秋分

一场薄雾，纷纷扬扬
风的笑声浸透脚下的沃土
一种喜庆沉醉岁月
秋分，第一个农民丰收节
以蒲公英的伞状扩散各处

一生匍匐和土地躬身而起
青涩的季节都交给曾经
被点燃的欲望
越过风雨雷电向高处滑去
不屈服的智慧和命运
沉默中，走过现代
默契而独自幸福

岁月轰隆，古往而今来

密集在土地上的能量

手心里彼此传递的温暖

一切平缓从容又如火如荼

未来已来

这才是真正的人间

冬至

行走在时间刀尖之上
冬至悄然来临
我在黑夜与黎明之间翻腾
白天和夜晚
今天，泾渭最为分明
梦的舞姿
以雪花的姿态飞翔

一丝阴冷的风浸入脊背
一双手在怀里缩了又缩
途经有暗香浮动的池畔
真想那些不明不白的时间
绕过寒冷直达温暖的台阶
让每一棵枯萎的小草
孕育泥土花开

人在荷叶里

静默的荷叶里

一滴水珠　钟情于

碧蓝的天空　羞涩成

时光细碎的粉末

荷叶巴掌大的天空下

有鸟鸣、水流的声音

从里面走出来的绿水

脚步也是绿色的

偶尔一朵云漫过来

柔柔一吐　把谁的记忆悬空

坐在荷叶的影子里

我不敢大声喘息

生怕轻微的颤动

荷叶上滚动的心事

惊醒蓄足水的嫩藕

山村秀丽

从深山里回来
躺在床上翻看手机照片
挺拔的丛林越过山涧的小溪
风起时现的牛羊悠闲自在

当车子驶入云端
一朵忍冬花盛开在岁月之上
回旋的梯田
彩带般若隐若现
一盘山公路把深隐的农舍
拴成了一幅画卷

一条小路从天边斜出
趁着东风飞起的纸鸢
多么像我的童年飞驰而来

忠县博物馆观制窑盐

隔着透亮的玻璃
窥视一件件宝藏
随着光影的转动
触摸历史的回声

以一副倾听的姿态
接通古人制盐的机理
斑驳的影　执着的火焰
仿佛千年窑火闪烁

如今　活着的二十四史
止于仰望　也沉入江底
曾经烧制窑盐的井
都成了历史废墟

晚风在河边孤独地吹

谁能读懂你的语言

那滚烫的窑火　断续的影

永远在我心头映红

雷声扣响梦里的四月

雨水从天空落下　满山雾凇
在风的狂欢中醒来
雷声叩响梦里的四月
风雨泪水饱满了田野

离离原上草的亮色
掠过辽阔的荒凉地带
柳枝上的露珠
闪耀出时光的精华

春雨看准了方向
在麦浪淌出的和声里
所有热情 接近一个日子
染出四月的金黄

清明又一次来临

母亲坟头的青草又长高了一寸
姊妹们从不同地方回来
叩拜，又各自散去

祭奠的香烛渐渐熄了
夕阳涂红山冈
一只白鹤藏起左脚，静立坟茔上

回忆穿过荒野
得用多少失眠
才望见母亲的银发，苍凉如月光

清明前三十天
家族里降生的小弟弟
一只白鹤，把这个喜讯告诉了母亲

春雨来临

哦！一场雨水拥抱着大地

山村的亲人们

再不用焦虑地仰望长空

春耕撒下的谷粒历经一场生死爱恋

被雨水宠爱的灵魂

携着三月春温

逐渐蜕变为青绿

一只白鹭落在河边的水草丛吟诵

一滴春雨贵如油

哦！昨夜故乡

让我们一起抵达

久违的山峦在发出不可捉摸的芬芳

乌杨水泥

高耸的铁塔和脚手架，安放着日月星辰
接纳着方斗山下来的一块块矿石
一丝云朵，掠过灼热厂区

流淌着时间的传输带
像滚烫的血液一样，在整个车间循环往复
只有我洞悉你的坚硬和柔软

以俯首的姿态日夜兼程
起伏或静止，甘为灰烬的形状与钢铁糅合
在一阵阵剧痛后才飞溅出万家灯火

读懂

老榆树伸出枝丫

等着云朵从山外归来

熟透的山果，站在木屋旁

为我点灯，一束野花

篱笆栅栏里透出昨天的故事

被小草吃掉的小路

这恍如隔世的时光

掩饰不了曾经暖心的叮嘱

望一眼被群岭分割的村庄

把一座山当作她

心里默念着她的名字

岭上来回，不断靠近落日

唤醒自己心头的废墟

一个山村诞生的孩子

裹紧一身惶恐和疤痕

沿着麦苗茁壮拔节的声音

读懂了风雨

倾听或回望

这个时节，总是遇到成熟的物事
低头的谷穗和仰天的高粱
站在田野或山的锋芒微笑
我在村口取出缭绕的轻烟
鸟鸣和阳光同时在瓦檐跌落

我就喜欢这红这黄这鸟鸣
这一个染色的季节
我亲爱的红枫和归燕
它们在秋天说着再见
我的眼睛，比天空宽广
打开秋的卷页，神清气爽

栅栏外的沃野、群山

在秋风中渐渐安静下来

它们脱去青翠的裙裾

倾听或回望

一路春与夏的吻痕

小寒

一阵紧似一阵的风
掏走了人世间的暖
一枝怒放的蜡梅
在贫瘠的土地上站稳身子
等一场阳光融化灵魂

过了半个世纪，我还奢求什么
只需腊月的人间
邀三五老友，围着熊熊炉火
在身体无恙时
拉住已失的记忆

大寒

一片麦田，在自己的领土
渲染着冬日余晖
几阵西风和一只飞鸟
掠过无边无际的绿

在雪花的苍茫和空无中
踽踽独行，寒气从脚底升腾
路上没有草木为之欢呼
只有一枝傲霜的梅
在麦地的青葱里露出宽心的笑
此时，夕阳下的大寒
收住了麦苗拔节时的回声

麦地主人，伸出手来

分理着片片懒散的叶子

仿佛明天的日子有了期盼

吊脚楼的晚烟抚过额头

一排排整齐的畦垄

许我一程款款年华

除夕夜的山村

落叶湿化的青石板
尾随黄昏进入院落
高悬的灯笼，脸颊绯红
对所有追赶除夕的人
送着祝福，或者一束光

篱墙边的树枝
触及一小片天空
彩灯，递次亮起
梅织起的花蕊，忍住呐喊
空气里，新年正在集结

烟花声声似浪涛起伏
老槐树上的古老洪钟

不能以本来的声音抵达
围炉煮酒的炭火
燃成隔年的灰烬

倒春寒是一场意外的风景

轻摇春色的花枝

在一场倒春寒里

依然举起自己的欲望

像一个人攥紧自己的命运

面对每一个黄昏独享风和雨

丝丝雨露在半空浮动

悄无声息重生的寒意

仿佛要颠覆春的轨迹

我天天经过的路边角落

风雨清洗着小径残红

一条小狗，在矮小的深巷

蜷缩成草垛的温暖

尖锐的冷，澄净了心中的浮躁

顺着田畴的方向

饱含露珠的麦苗

抱紧我，泪流满面

蝴蝶从雨中间隙里赶来

接纳来自天空的风云突变

以世间万物之梦

扇动出倒春寒中意外的风景

预告着又一波春暖花开

打开书页

在寂寞难耐的岁月里

你赠我一地清风

把自己，交给远古的季节

从此，我不再孤单

只想做一个平凡的读书人

不知江山故园

也不问前程往事

黄昏又一场大风

还没有停下来的意思

我关上门，堵上窗

打开书页，夜色瞬间脱逃

安静的表情像做了一夜好梦

不知自己是过客还是归人

时间，载着我们一路飞驰

痛苦和欢乐，也不为人知

每一个日日夜夜

独自困守在案头上的书桌

参悟过往

向往天空的梦想和书里重合

等待，黎明划过曙光

倾听即将醒来的声音

立夏

莲叶，像刚出浴的美人
从不为人知的深处
款款向我走来
春天，沉淀在水波
欢声笑语随了鸟声
人间五月初长成

虚无的界限在事物间移动
许多发光的叶子集体流泪
它晶莹、起伏、翻滚
山川、田野、道路抱紧我
湿成一片
高处的树叶分我一些阳光
把岁月和时光翻晒

我体内的潮水

涌动出禾苗拔节的回声

梦在身后紧随着我

这个时节

如果你还有些没精打采

请来看榆荫下儿童戏捉柳花

我热爱的乌杨

方斗山的流水
追逐着流逝的光芒
严颜故里，泛黄的纸上
叱咤出一个将军的荡气回肠

时间和注满时间的乌杨酒
从指缝间溢出一段曲子
穿越心灵的亘古和神秘
去寻找十里高粱红的际遇
滴滴乌杨酒以古老的方式把自己窖藏

一条石板路，百代乌杨人
江山无限，洗尽铅华
多少才子佳人的情思

一首首岁月的歌
在初秋浓荫里流淌

乌杨新区的潮流飘逸天窗
卧薪尝胆，文明双创
朝阳继承落霞的芬芳
世界在转动，流星在路上
乌杨，我热爱的乌杨
四处吹拂发暖的光亮

七彩水稻

这些红的紫的绿的稻穗

在新立三岔湾，头枕一片天空

朵朵稻穗像大海的浪花

涌动出七彩风韵

片片叶子的脉络

阅尽人间春色

浓缩太阳的色彩，灿烂了岁月

丰收的喜庆被"中国梦"收留

沿途画卷里藏着游人

漫卷的细语中，你可看见

从一个田园到另一个田园

一路芬芳都是彩绘过的

当我再次向你靠近

欲言又止的稻穗暗含羞涩

一瞬间，鸟声与虫鸣

用一致的节奏把我塞进梦里

夕阳下的千年古树

没有喧嚣的车马

没有石板路穿过

一株千年古树保存着

村落的原貌和孤独

几百年前

种树的人种下了山村的魂

一束束夕光掠过

我听见大巴山下来的水

潺潺流淌的声音

它背负着沉重的落日

从树影、从静静的晚霞出逃

时间安静，日子静如云朵

老村长的背影佝偻、古典

一些幻觉正在消散
高大的树冠撑破日渐衰败的院落

枝叶茂密，也无法挽回沧桑
木屋古墙，离我们越来越远
路的尽头，夕光移动
古树在一天天老去
田野在一点点荒芜
历史的原貌让人不适

一缕夕阳慢慢收拢着院落
接天的枝丫落下夕光的沉默
不远处，高速路扬起的尘烟
惊飞古树下荒草掩映的旧路

皇华城

斜阳下的断壁残垣
在金色微澜下泛着光亮
刀光剑影的故事
枝叶一样从历史的天际落下
惊醒那些沉眠的伤疤

一朵残花睁开眼睛
可以想象
征战杀伐已经远去
芳草萋萋的湿地
足以安顿远古的传说

告别一年最短的白昼

冬至，我们聚在一起
以吃涮羊肉的方式庆祝
火锅跳跃，蓄满的热情
告别一年最短的白昼

一些老旧的故事
渐行渐远，举起酒杯
打开窗户望雪
早已不需有人送碳
更不为牧群的饥饿担忧

窗外，枯黄的叶子
一片一片坠落
梅的音符

装饰着落絮飞舞的年景

喝干最后一杯酒

我们点燃炭火，吟起诗篇

太阳把热情煽到极致

太阳的声线太过激烈
雨水已回避太久
热风吹拂大地
水塘把山的倒影带走
一条奔腾的小溪露出牙齿

高天下，山坡牛羊
被燥热的风来回赶动
青草萎缩，钻进泥土
火辣辣的光芒扑入怀中
蜻蜓在地里寻觅
不知何处可以点水
两只鸟立在枝头
重叠在光影下等太阳远走

太阳凝固，把热情煽到极致

提水灌溉的土壤

一回回创造着呵护生灵的奇迹

提水浇灌的人

哪一个不是内心蓄满雨水

孕育着泥土花开

巡山

他沉默
松柏变态的叶已无言语
无法降服这倔强的太阳
他在万重山中来回

白云不动，流水成岸
撕咬、哀号
流不出眼泪的枯井呼号
一次次巡山
营养着失雨的日子

吻着烈日给的痛
炸裂的汗水
从血脉里溅出半个月亮

灌满日月的身体
呵护着森林的完整

一个人在远处山脊上走
旷野，已露出疲态
蝉鸣树上，苦暑久矣

今古情怀，溢满忠州烧酒

没有人告诉我，六月来到忠州乌杨时
是房尚乐烧酒初开，还是荔枝新熟
此时，忠州刺史白乐天正宽袍大袖
西楼望月中看着他从粮食与水里
提炼出《荔枝楼对酒》

我们不知道，十里高粱红
正沿着清明元宋的落日楼头
一直回到唐时的一个酒窖
泡粮、蒸馏、糖化、发酵、起窖……
水火高粱相融，阴阳天地复合
把空气染成了琥珀色
沉默的忠州，在历史之上
滴透留城老街和晦涩的岁月

化作柴火旁一壶烧酒，煮沸春秋

酒里日月运行，灼灼其华

大地起伏如梦，万事归于晶莹的一滴

我从大唐赶远路而来

把巴蔓的剑气提炼成了酒杯

忠州烧酒是我们的暗语

我们把一切都放下

干了这一晚，燃烧的月光和星子

从胸腔散发，所有喉头

摇摇晃晃地炸裂出

"沿河上下走

好喝不过乌杨酒

这烧酒喝干你再走

不留给以后……"

时光走了一千年，我们一起回头

那些月色还在半堵墙上等候

今晚，我们哪也不去

我们直奔忠州烧酒坊

投胎成窖内叮咚回响的一滴

一去饮尽万古愁

歌唱或守望

山里开始降温
桂花在风里冉冉上升
一切美好
从她唇边启程

这偏僻寂静的山村
新来的教师，把岁月
化成秋天的芦苇
一盏为爱摇曳的灯
一条教鞭，连着崇山峻岭
所有童话、传奇和寓言
源源不绝

一些走失的孩子

又重新折了回来

山谷空明，标注出书声的位置

歌唱或者守望

一切如春风所愿

冷与宁静的梦爬上来

挂在树枝间的余温越来越弱
蝉声，在宁静的光亮里
和忧郁的叶子一同沉默

结着愁怨的桂花
比秋风更早到来
村庄山梁，有一种生疏的落寞
沿着蝉声消失的方向
枫叶上面坐着的红
抚平云霞的皱褶
我闭上眼睛一阵恍惚
饱满的落日将我紧紧包围
乍寒还暖的风
打在我身上，山间

冷与宁静的梦爬上来
落进我斑驳的想象里

一群大雁，就着余晖
梳理羽毛，眼底秋色
一定是触及到了什么
它们只想飞，目空一切
朝向天际的苍茫

故乡的苦楝子树

想起故乡
想起远方的苦楝子树
那透过云彩的道道光芒
落满老爷爷石墩上的故事
枝丫下每一寸土地
覆盖着满满的童年

每天的阳光醒来
我看见，时光旋转的轻盈
枝上的袅袅炊烟
向天空拉直世界的回音
树枝压低嗓音招呼那些游子

落叶带走一个个岁月

诉说风雨阳光的日子
那些燃叶的词虽已荒凉
你却有足够的耐心
让树梢爬满星星
为远行人看见回家的路

一股清流淌过喧嚣的人间

风吹来秋天的消息

熟悉的物事与我们重现

沉默的山庄，一夜之间

满树枫叶穿上季节的花袄

鸿雁托着霜露去了南方

夕阳和岁月，恍然老去

那些劳作在山林的人

他们分明清楚，这熟悉的季节

晾晒一夏的承诺

兑现出日子的富足和喜悦

天空蓝得纤尘不染

一股清流淌过喧嚣的人间

这个时节，爱是一片橙黄橘绿

秋天的故事很老

层林尽染，静静守住永恒

一片冬麦

一朵云左顾右盼
落在青涩的冬麦上
舒缓的风景　翻滚着
农家人脸上的惬意
归鸟划过绿色地毯

抚摸大地的斜阳
照着露出疲惫笑容的老人
麦苗节节拔高的喘息
起伏成一片冬麦的故事
留给失眠的月光慢慢去读

夜展开每一个场景
铺满一片冬麦

从月色下缓缓落下来的露

晃动着晶莹和喜悦

村口那棵苦楝子树

秋霜已然在十月的路上
从前朝走来的那棵苦楝子树
披着白露和星光
摇曳在深秋的裸露中

风在主干间把云朵雕刻
世界那么大，却容不下所有故事
有谁告诉我，丰韵树影里
是谁最先拥吻了你

江湖路远，万物为秋风让路
我熟悉的那根枝丫
载着夏天的余温
穿过荒野荆棘，浩荡天际

听得见风雨惊呼
大地忍不住热泪盈眶

伫立路口，不怕树大招风
枝丫倒置，苦楝花散落
等待了多少秋霜
最后一缕姿色被机器掠取

逆光的剪影

太阳睡去

她准时与月亮赴约

弯腰的身影穿透夜的黑

扫帚收住了街市余温

街边尘土，片片落叶

被神奇的夜影推着

声音轻轻，脚步轻轻

如一片风中纸屑

不惊人安眠

有时要将人间事物重新分类

她和她的影子在街头回放

星星疏落像夜的心事

街灯明亮中，世界寂灭了

花开子夜的声音

扫帚飞舞的颤动

比任何时候动听

这样的世界使人安定

夜半或午夜梦回

风站在街心谢幕

借几滴月光，我才读懂

逆光的剪影，最美

流星划过，一道光邀她回家

他乡

没有鸟鸣蛙声
把自己交给一座座拔高的楼
夜晚的酒盅置换出远方眼神的空茫
生活，交给尘与土

窗外，霓虹灯闪烁
出租屋粗细灯光明灭
酒瓶里最后一滴酒融入摇摇晃晃的世界
雁声引来了月光

当黑夜抹平沧桑
木板床收拢自己的肉体
鸡鸣犬吠的梦境与天空放牧的牛羊
在一阵鼾声中，鲜活起来

最后的麦田

稀稀疏疏的麦苗，摇曳在村落一隅

从去冬到今春

都像在诉说陈年旧事

野草蔓生一片片

童年的小路已被篡改

崖畔上看花人远去，迎春花独自开落

溪水流麦田

原野的天空蔚蓝得只剩下蔚蓝

山色慢慢瘦下去

吹麦笛的少年在哪里

麦浪随风起伏，鞠躬打探要何时归来

人在山中

东风吹破嗓音
换来贵如油的雨水
新生的闸门徐徐开启

嫩芽喝足雨水，唤醒桃红
众梅惊落薄寒，暗香浮动
潺潺心泉，源源到岁月峡谷

村庄侧卧着
躺在油画的情绪里
袅袅炊烟，燎出一片旧事

人在山中，甩袖长久爱恋
愿或者不愿

东风也会朝着东风方向吹

黄昏来临，水声跃过山影
笑里花香，装满爱和向往
晚风，行进在夜色边缘

捧一碗古井水
今夜，哪怕月光不来
我也将与梦一起回乡

我拿什么献给你

说什么，红梅报春

转瞬，一去三十年

今天，我拿什么献给你

四川省农业管理干部学院

征途上，你是我成长的根

涛声里，你拨动我激越的弦

无论我走到哪里

沾满墨香的心绪

都安放着你的灵魂

野火烧不尽我的挂牵

悄然漫过的脚步

写满时间的碎片

你的儿女在祖国大地

砥砺前行，越挫越勇

盛开的花朵如星火燎原

望穿秋水，呼唤从前

透明的夜里，喧嚣多年

揣着曾经的初心和现在的希望

我以诗歌的名义起誓

我心中的农业管理干部学院

永远装点，我的华年

永远震颤，我思念的微尘

秋思

还没有完全枯黄的叶子

它站在我头顶

喜鹊和不知名的鸟儿

坐在树上呢喃

落近石缝中的残叶

错落着岁月的残迹

夕阳斜照

把我的影子洒在江里

偶尔翻腾的游鱼

想浮上虚空

寻找鸟儿的天地

秋色连波，寒烟翠碧

水岸尽头，谁在喊我的名字

秋风里掉下两片叶子

犹如一段往事落幕

蔓延的情丝，渔火里升温

闭上眼睛，怀念那些起起伏伏

拾起一片落叶

落户在你的泥土里

只盼来年，为你开出春天

我从山中来

被阳光轻雾酝酿出的桂兰

它以秋风看不见的速度抵达

直入心脾的馥郁

好似星辰散开出黎明

秋日的天空

云集着无数云朵和蓝

沿着刚刚斜出的小路

不知名的果实成就着最好的风景

隔溪鸟儿在风中呢喃

每一片山色都在故乡漫游

夕阳下的吊脚楼

缭绕出佳人微醉的歌声

秋风中的枫叶

一遍一遍重复着姑娘的红晕——

以青春的姿态

以燃烧的激情

云岭秋声

过了这个节日
云岭的秋声将与桂花慢慢归隐
被秋枫染红的郊野蝉声渐歇
用一壶桂花酒留住沦陷的秋天

白鹭慢下来
围着垄上一片金黄盘旋
银镰飞舞的声音
用一致的节奏拥稻谷入怀
空气中荷叶的余香
一朵朵烈火似的向日葵
那袅袅的韵致
足够平衡夏与冬的命运

越过云岭的夕阳送来圆月

我站在世界低处

轻轻拾起一地月光

让那些经历过的时间和流水

洗去千年的俗气

酣畅今夜的浪漫

我就是那个等着黎明的人

坐在湖畔亭里翻书

翻来一片落叶

柔柔的风从亭前走过

摇荡起秋天的铃铛

也摇曳出湖中沉默的游鱼

我确定我的影子

在长天一色中

从一个梦游弋到另一个梦

我的影子，总递给我一些

桂花落地的背景

此时，这些可以触摸的夕阳

把最后的云朵和蓝送上天空

安静地坐在一角
看夜色点亮的灯光
慢慢变成了月光
我就是那个等着黎明的人

深秋滨江路

秋色静美，情感燃烧的火焰
已在滨江路蔓延集结
被秋风雨露切入的桂树
浑身的馨香搅动秋的卷册

十月的黄昏，湖水微澜
暮色中传来雁群飞过
仿佛穿过深秋的使者
云朵飘过来，秋波若隐若现

蓝天空寂，天气微寒
风藏在渔火里，秋蝉噤了声
借几滴月光，温暖一步步石阶
生怕一不小心被秋影收走

土家人因竹铃球而神秘

在石柱天空的无限远处

浮着竹铃球滚动的英姿

竹铃声声，如同装不下的富足

荡回来，又荡过去

那小小的幸福

装在橙色的背篓里

土家人，因你而神秘

你带着远古而来的倦意

战栗修竹的长句短句被月光打湿

我愿意在与你相遇的路上奔波

把我的幻想

放在你闪跳腾挪的梦里

把土家山寨的灵感和心

把多少艰辛积攒的姿势
演绎出一个又一个传奇

能够盯着你看就是快乐
我的到来，似乎太迟
我必须从竹笋破土开始
仰望一段历史

老街

沿着残霞注视的老街

尘封已久的苦涩和温暖

像一本泛黄日记

被一次次打开又合拢

每天都要经过的一条深巷

并排的树影不肯相认

吊脚楼挂着的盏盏灯笼

晃动出少年心事

柳梢头上的月亮

不见曾相约的人

多年的青石板台痕

背二哥留下的跫音

它们的疼痛与我相似

我的背影被黑夜收留

多少个夜晚仰头看天

我们痴迷于老街以外的事

夜深了

冷空气凝结的露水

释放出漫天星星

立秋

经过一个个月光抒情的夏
吐出秋来，湖水弯处
一叶渔舟
摇曳出两岸炊烟

今日立秋
有人在湖岸除草
有人在堤上触摸秋光
我靠近他们
他们的身影映着湖水

几只花喜鹊站在湖岸枝头
和夏末知了同声歌唱
欢呼春种秋收的人

愿每一粒果实都完整动人

吧嗒着旱烟的那个人
没有出过远门
他只想在这湖边路尽头
等秋叶黄了，能与远走的人
久别重逢

第二辑 手心里的山水

层林尽染　谁错过那一季最美

从繁花似锦的春天开始

发了芽的黄芦　茂盛一片原野

千年沉默和沉淀中

用一枚叶的灵性取暖

时光触须深入　孕育生命

在一片秋雨声里

等一缕秋风访道成仙

秋阳炫目　绽放季节的誓言

尘世的阴霾　窒息了割不断的云烟

巫山云雨　神女泪痕

在你的枝丫上结满霜花

写下尘埃与喧嚣的前世今生

醉眼回眸　退守一方净土

凝固的风姿　坚韧的信念

绽放的青春犹在眼前

层林尽染　谁错过那一季最美

披着晚霞的红晕　伫立秋的边沿

多少珠泪　聚散情缘

以燃烧的姿态　以西风的热情

在三峡两岸奔流

注：黄芦是红叶的植物学名。

东风劲吹

东风吹起，草木苏醒
世居的村姑脱下季节的花袄
新芽翠绿如女人的酒窝
惊落三月的桃红

阳光的眼睛被轻轻吹开
依着雪花褪去的彼岸
古老的吊脚楼从睡梦中惊醒
春天的故事和自由的呼吸
接纳了四周虫鸣的协奏

我看见流水吻过的缝隙
野蔷薇长成云朵
这恍惚莫奈笔下的色彩

东风劲吹，野草蔓延

从山顶铺到村口

炊烟沿着牧童的笛声

绵远的春韵漫到天上

东风三月，彬彬有礼

在来时路等我。我在山谷

沿着它的路径呼唤

一次次汲取回声

我向你走近

当我向你走近

清风掀开林海丰韵

奇花异草　怪石嶙峋

牵引我深深浅浅的脚印

方斗山高悬头顶

苗儿山遥相呼应

粗犷的密林　绿的沃野起伏奔流

绵延的山峦　缥缈的山岚

与一只鸟的灵性　发出一波波

由近及远的天籁和鸣

伫立千年的古松

深藏岁月的影

往事像山涧流萤

在古老的独木桥上

叙说梦与落叶飘零

风尘洗净的青葱誓言

成为远行人遥望的风景

松涛阵阵　翠竹丰盈

踱步松廊草径

松针洒落满地繁星

静静聆听松涛拍打

钟乳石的回音

蝴蝶花儿

抖落了异乡的风尘
独倚窗前，小憩

与一个人的忧思合拍
与一朵诗的气息怒放

把世界收拢于翅膀
幽香般低语，诉说经年

一丝丝欲滴的青翠
缤纷了溪流，鸟语虫鸣

大地深处，燕子回时
心上的繁花已染红了三月

夏荷

着一身青枝淡妆
曼舞，激起涟漪

萤火虫点亮的记忆
晚霞，收起花蕾

装满莲子的心事
尘封，今生情缘

揉碎在荷塘的月色
孤独，在梦中

芬芳是去，还是留
这盛开的一池暗香

愿

推开黎明是雨 迎接黑夜是雨

一天连着一天的雨

在田野不住地翻腾 挤压

天地恍惚 淋湿的鸟儿叽叽喳喳

一场又一场的雨水下

竹架上孱弱的豇豆一丝不挂

刚一露头的茄子、西红柿

还有朝天仰望的小米辣

也被浇灭了一地嫩芽

一树树含苞的情愫 不知能否表达

广阔田野 一季庄稼

一滴雨的幸福是幸福

而一场场连夜的雨声

铺天盖地在铁皮棚上击打

心上的繁花 凋零成泥沙

我多么希望

浮在天空的云朵

不粗暴 不与人间讨价还价

跟随岁月 耕种听戏喝茶

大地不旱 雨势不发

寻梦

尘封的记忆　披星戴月
在方斗山的春天里搁浅
蛰伏的思绪　涟漪微泛
碰碎杨兴湖摇曳的月色

昔日的艳影　落入时光的素笺
我该怎样落笔　带走你的笑靥
月华下　一袭白裙潜入梦境
反手勾起琵琶　感知那些流年

风又暖了　竹叶青了
一缕新芽　枕着我的手安眠
无花果静谧的浓荫里
一滴露水　盈满
我孤独的倒影

缘

从云中下来的一朵莲
温暖着日子满怀思念
尘世间花果同树的缘
寻了太久才等到这一天

越过千山万水来到你面前
一树繁花一树果鲜
花润果果映花所有浪漫
在欢乐和思念中沦陷

茫茫橘海我遇见最美的人
静谧的背影在这样的时辰
心里的秘密打开，只有
花朵为果实守望的心声

橘香袭来，没有太多的语言

蝴蝶振动羽翼空灵温润

风的祝愿藏匿在树的梢下

这一刻，我应无眠

五月，官坝桑葚熟了

官坝烟雨与五月的葱绿
撒向蓝天，那些桑葚的温馨
从青涩到成熟，收藏多少
南来北往的足音

那一颗颗桑葚积累大地的温暖
在季节里浸润后
带着热烈和奔放的情感
爱情一样欲红又紫

当时光流水般穿过夜的隧道
桑葚与酒的爱情在官坝上演
经年以后，一坛醇香的酒
啄开时间的壳在黑夜中诞生

我信手摘下一片桑叶

读懂蚕儿的声音吐出一丝丝绝句

一波又一波的幸福

在漫山遍野桑枝上跳跃

在官坝，没有什么

比一颗桑葚的紫一片桑叶的纯

更值得在五月的温柔乡里

百转千回

一颗桑葚，一滴燃烧的血

一簇蚕梦，枕着千年的历史

二月抒怀

雷声涌动，滚过沉寂的村庄
牧歌暖在心里，太多的人在路上

山涧溪水，从梅花香里溢出
流淌着一谷一岭的交响

青踏小径的脚步，在大雪里留痕
青葱的誓言，洁白通透溢满希望

寻梦，沿着春的方向寻找彩虹
远眺的目光，在水一方

我开着房门，我要等待一个名字
盈盈的笑，与你一同芬芳

突围着青春的潮红

紫燕的声声鸣叫

催生颗颗桑葚的心事

青涩的片片绿叶里

突围着青春的潮红

那思念的悸动桃花般蘸着月色

仿佛被只只魂灵追赶

遥望春风　一颗颗桑葚

像山野美艳的少女

在四月里掸落满身红尘

纳五月的气韵

和一只迷途的蝴蝶跃上枝头

找到太阳的位置

委婉的心音　羞涩成一朵年华

芬芳飘逸在风里

我在你面前伫立
看许多桑葚细腻精美
由红变黑　黑里透紫
无边的宁静里
枝叶上面搭乘一朵云
将阳光一片片筛下来

塘土坝

在湖水里修行

每年立夏时节才露出峥嵘

对面乌杨古镇醒着

遥看工业新区

那么多好听的故事

抢在秋分蓄水之前

向人们诉说

整个村庄　千百年来

仿佛沉静的处子

在江心休养生息　自给自足

恋爱然后死亡

过尽千帆　斜晖悠悠

虚怀若谷的江面

片片渔舟如飘落的花瓣

三峡坝起　湖水自有进退
躺在深蓝的无垠里
你暗藏汹涌　浓缩的力量
若英雄的火炬高举
远古美人鱼的传说
形同岁月和风雷
依旧在你柔波里繁衍

一片蓝天下
光与影在你头顶交错
即使烟消　云也不曾散去

白云，低伏在寂静里

黄昏从山顶下来

那条孤独的黑狗鸣叫的时候

引来满山满坡归巢的鸟鸣

一张弓一样的老人

无暇顾及黄昏落日的巨大

山野的心　空空荡荡

晚上十点后

月光赶走被木屋囚禁的夜色

夜影在抛光的树枝间静走

稀疏的星光点燃灶火，弥漫出

捡拾回来的松材味道

风一吹，萤火虫明灭的暖

两三朵散在空中的白云

以缠绕的方式低伏在寂静里

天地澄明　辽阔无尽
山间夜空苍茫
一个人的夜色里
宽阔地收纳着一切

山中

云朵拍下一些小雨点

落在时光磨损的青石板上

雨色斑斓，发出涓涓细语

无数可以捕捉的清澈

像山中分娩的草药舒展

沿着蜗牛爬行的路线前行

浅浅的脚印在烟雨中结伴

菜花的波浪，柳莺下的木桥

在眸光的交汇中

碰撞出野草深处的欢愉

转身之处，我能听到草木的呼吸

仰望高于云彩之上的木屋

鸟声中，一些潮湿的记忆
命运般空旷

藏好内心的火焰
我把自己裹在祈祷里
满山的蝴蝶，飞来飞去

天子山下的冬天

落叶弹奏的音符

像五线谱一样　慢慢成为

天子山大地硕美的一部分

缠绵的云雾带着细密的寒意

弥漫着我挣脱不了的冬天

河畔松林的松针

顺着一条沿溪的路和我交换呼吸

一枝枝水草直起腰

在清澈的东溪湖向我招摇

浓雾褪去　朦胧的片段

焕发出迷人的光辉

高处渐渐明朗

放眼四望　江天万里

放浪形骸的风四处奔走

苍茫的残红中　落霞与孤鹜

沿着湖岸低低地飞

雪夜

雪夜看准了地方
从天空垂直落下
而月光醒着，树上小片风声
接住纷纷扬扬的吉祥

雪从那么高远的地方来
这辽阔的土地
灼灼地展开胸怀
温暖着一地落叶
我在今夜打开诗篇点燃炭火

夜阑人静浮云升起
倚窗而立仰望星空
世界在远方均匀地呼吸

夜色苍茫猜不透风月
每一片雪花都是一盏灯
照亮我以流泉的姿势
抚摸远方

绝壁之上

远远的荒山绝壁
一株凌雪的松
在诗人的傲骨中挺立
风，呜咽着
久久不去

松巢上
蜷缩的小鸟在风中颤动
却怎么也不肯飞走
天空低矮，从松针上滑落
缓缓地沉入万壑

新月从东山升起
苍崖绝壁上浮动的暗香

放下妖娆馨香的前世

等待时间这把利斧

劈开苍凉之心

邀来百花满含笑意

夜幕下的滨江路

暮色一点一点
以音符的形态抵达
石阶之上，踏歌声温暖着一江春水

霓虹灯点亮往事
半城柳絮纷纷坠落
空气之中，弥漫着潮水的足音与心跳

青苔石板上
浣衣女子手持捣衣棒
敲打出江岸
仿佛一丝迷离眼神的渔火

时间在滨江路孵化

留下更多体温

江水把夜的词律装在心中

直达沧海与天涯

在翠屏山

天空沿着山坡滑下来
无可遏制地时间崩塌了
暮色从山谷升起
缥缈的霓虹，优雅而浪漫
低处的事物渐渐模糊

溪流收尽落霞最后一缕
稻浪溢出成熟的味道
那些悬浮在半空的蜻蜓
就想静下来，慢下来
等待大地的招安

竹笛悠扬的音符
跌落进清冷的东溪湖水

草尖和花瓣上的露珠
平添在分散的枝叶间闪光
萤火虫轻盈如梦
趁着月色明亮，不动声色地
落进谁的梦里

回乡的路

远方是亮色的
远方有我的色彩
只求每天有一次出发
由一只木船渡往天边
到故乡盈盈水间的粉黛眉腮

一群大雁扑棱着翅膀
掠过天空，掠过烟雨楼台
点水蜻蜓立在荷上
仿佛爱美的人玉立发呆
一生聚集的情绪，甜美心思
在回乡的热浪中汹涌澎湃

光芒万丈的太阳退去

桂花已在八月盛开

山长水远我也继续赶路

我的身上铺满尘埃

一切事物，一切回想

闪亮飞着，爱和不爱

都是我深情的期待

乌杨街道的桂花开了
一夜秋风击碎天空的缄默
我按捺不住内心的词语
看乌杨街道的桂花开了
所有的气息和流韵
凝聚成清秋的骨骼和魂魄
它们多像我的幸福
被乌杨秋水滋润

我遐想自己也是一朵桂花
与乌杨新成立的街道契合
当秋风把桂树的花香
吹到我面前的时候
一双纤指横成美人嘴边的长笛

一朵彩云 在九月深处

打开关于乌杨街道所有想象

而我在这里 寂寞成片的香

长江把工业园微凉的一幅山水

荡漾给我看 蝴蝶转身

一会儿潜伏在桂树里

把我晾在乌杨宽阔的街道上

暴雨吟

你来临的时候

世界喧哗，乌云愤怒

黑暗中树林在风中摇晃

闪电弯曲给天空瞬间明亮

斜雨从窗棂漏进来

暴虐时，有雪崩的声音

雷声和闪电一样惊心

杨柳岸，骤雨歇息

石头躺在水里

流瀑跳跃和声

面对哗哗流淌的世界

所有池塘敞开胸怀

准备好相聚和别离

空气中，满是清新的气息

仿佛什么也没有经历过

乌杨小镇

阳光从小叶榕的浓荫筛下来
散落在新铺设的沥青街面上
移动的光影让过往的车辆先行

乌杨桥龙洞桥金龙船厂
昔日，川流不息的船只
被偶尔驶过的邮轮替代

塘土坝，沉在小镇对面不说话
满腹心事，难以启齿的感情
只是每年夏季才露出峥嵘

曾经安稳温良的巷口
坐化在鳞次栉比的高楼里

女店员成了开超市的主

坐在你的黄昏里
一颗古镇的心像前世的客人
落日关闭苍茫

绿萝

距我最近的一株绿萝

把一缕缕春风

开成人世间最纯净的光芒

凝聚的色彩，在我办公桌前

不枝不蔓，不妖不冶

映亮滚烫的红霞

送走一天的喧哗

一丛丛喜色

饶恕了一个个冬夏

比起紫藤的摇曳

虽无飘过来荡过去的激情

你却把灵魂融进我的风骨

你还我青春、思念和爱

让我把心放宽

一天天向时光致意

一次次把月光放生

泥土

这么多的草，枕着泥土安眠

一些古老的事物和人

也在你身体里沉浸

把希望交给种子、交给阳光

记忆的角落，面对被践踏的命运

挺起胸膛看好来时路

用希冀润泽自己的家园

捧着今生的饭碗，我知道

那是你给无数人的生计

遐想岁月，隔着万水千山

以拥抱的姿态

暖风般焐热融融夜色

心有灵犀的流逝中，仿佛

一伸手就能触到
你的芬芳气息

路过铺满月光的老茧
人世间的爱与恨，生与死
终将穿透尘封的窗口
让地火升腾
让梦想坚守心灵的远方

祥云

一朵久久萦绕的祥云
落在一棵古老的大树上
它站着一动不动
像我的一个美好梦境

此时，我向它仰望
还有比这更好的际遇吗
时间与风从我的发丝掠过
我知道造物主的能力

我的日子被爱放逐
一个人的祥云永远在自己体内
苜蓿花低垂，点缀出疏影的美
多少秋风，才配得上那朵祥云

黄昏后

远处的高树渐渐模糊下来
黄昏笼盖的田野慢慢闭上眼睑
难忘的笑容，想象中的甜
灿烂在月色升起的时候

经过一座座农舍
不敢惊扰夜幕归来的老牛
怕心底的一部分底细
哞叫在归巢鸟儿的喧哗里

夜幕收不住黄昏的欲望
小径残红解析出风的秘密
默默潜行，没有一句言语
一只蝴蝶，月光下飞来飞去

河边

捞起暮色中的云彩
攀上水中的柳枝
那朵白云引来的啼叫
涌动稚气的水流
我在岸边酩酊大醉

夕阳的手伸出水面
沿着涌来的蓝色浪花
我试图把二月的故乡
从水中捞起
谁与我共享今天的暮晚

端坐在凸起的石磴上
霞光照见的水流一片明亮

记忆中倾斜斑驳的老屋

那些被遗忘的陈年旧事

从空蒙的月色中慢慢上岸

沿着风生水起的河畔

西山刚刚雪溶

做了许久的梦坠下云端

沿着风生水起的河畔

野鸭子轻轻拨开草丛

蹑手蹑脚地从诗里出来

一蓬草路过肩头

那些生动的形容词暗含羞涩

逾越河上的舟影

在目光与目光相撞的温暖中

打捞着一江春水

下雨了

下雨了
带着香味的灵魂
从远天　轻盈地
滴答进干涸的山谷

沿途水稻玉米高粱
惊喜地张开大嘴
像久别母亲的孩子
喝足奶水　把一个又一个
未圆的梦编织到农家

一群水鸟
来到一片新生的水域盘旋

河岸灯影

站在滨江路上
提前进入万籁的暮晚
眺望翠屏山天子山的乡村
湖水拍打出的群星
流落凡间

光影落在树枝上
不断地变化形状
幽明缥缈的河岸
倒映出无人之境
星星云朵来这里聚会
新春的故事抖落怀中

时光严肃，更多的往事回来

闪烁的夜晚，蔚蓝的星空
不朽的音符一起一伏
灯影的温馨如一首颂歌

夜色里的冬水田

做着庄稼人的甜梦，接纳

从方斗山下来的清泉

蓄积着诗和远方

怀念一场场秋雨

夜色中青山的背影

在寂静的冬水田格外耀眼

盛过稻子蓄过嫩藕的胸怀

将一个个含香的故事丰满

映着虫鸣如雨的波光

曾被一个个游子带走

黑夜中月光下独立的美人

偷偷将一束束忍冬花

插满头顶所有的故事

被晚风渐次打开

斗转星移，日月轮回
星空入了水，夜风润了心
云深不知处
缤纷的脚步纷至回来
我把月亮抱在怀里
对水底的星光表达歉意

远山侧卧着醒了又眠
远天一束流星
落在冬水田的惬意
容满我的柔情

八月的稻田

八月，扑面而来
所有的风都带着火焰
一望无际的稻田
起伏着日子的富足和甘甜

岁月转动车轮
日渐饱胀的谷穗　散发出
一方水土的陈酿
阳光慷慨　岁月密码
被一行行秋收的脚印萃取
我爱极了这珍珠的模样
每一粒粮食都是有滋有味的词

庄严从心底升起

我红着脸，向田野缄默
不理会莲子发出的邀请
我的喜悦如同这打谷声声
歌声多余

月夜

大片的月光

赋予荒草重生的诗意

微风在凌霄的沃野

穿过那片林子碰到我

漫天飞舞的雪花

温暖着全身赤裸的枯枝

夜半钟声，像隐秘的幽灵

震颤来回几下

便散入月色深处

朦胧中的欲望

显山露水

田野寂静，空旷如月

山涧流出的一泓清溪

淙淙声响足够清醒人间

初春

站在桃花、李花、杏花和麦苗

组成的世界时

青山簇拥，像久别重逢

幸福而颤抖的声音来临

偷情的鸟儿趁春阳乍暖

沿着刚发芽的小路啁啾

清风擎着草尖里的露珠

惊醒枝丫上怀孕的花朵

我看到一袭山涧旁的云气

正从南方的天空涌来

轻踏小径的人们　眉宇之间

依次展开欢乐与妩媚

从方斗山到乌杨溪

聚敛千年的黄昏

收集好来自远山的清流

形成九曲十八弯的美

两岸冰雪悄然溶化

吊脚楼走出的少女

踏破月色　左顾右盼的心事

与春风合谋　一曲民歌

纵身落入水中

从方斗山到乌杨溪

梅香掩不住炊烟缭绕

被溪水疼过的桃花

开得让人夜不能寐

梨花树下

明媚的路上，行走在太阳底下
一树梨花，对着我开
枝上飞鸟，比往年叫得更响

枝头嫩叶培养的云朵
缭绕出少年的梨花梦
当我仰头看天的时候
明亮而多彩的枝丫里
又斜倚出一朵梨花白

当所有梨花一夜醒来
往事轻轻舞动
多年丢失的情愫似乎有了回音
每年的四月，摇曳的香气

如约的洁白会将我淹没
仿佛我是它卷曲的蕊

被命运放逐的路上
一切都不可能回到从前
但身体里那月光喂养出的花朵
始终在我心中怒放
即使梨花被一夜春风吹落
我永远也是那棵树下等你的人

圆梦

手握飞驰的梦

过大河，越山川

光明在隧道后面等待

相遇的目光，无数的人无数的事

经历一个又一个重庆匝口

送走一山又一山茶马古道

世纪的梦想与希望，在血管里奔跑

车上风景，时光的片段

田垄与果实站成忠实的卫兵

从蜀道，到三峡；从云贵，到秦岭……

鸟瞰夜的浪漫与昼的清醒

仿佛翻云覆雨之间

这里早没有楚河汉界

经行处，风雨刻下的往事

顷刻在我的视野弥漫

汗与血筑起的梦，没有誓言

这青春，与得失无关

这青春，为高速而生

路有多远，梦就多圆

远方人家

从主城、从万州、从远方
一波一波涌动的人流
来到"远方人家"
静谧的山谷，围着绿地良田盘旋
风的温润，柔和温馨
托起升腾的炊烟缭绕

窗口的远山，草木的脉络
静穆得能听见叶子发出声响
当月光一点点灌满群岭
一阵阵凉意袭来
所有的光明景象，惊飞山鸟

空气里弥漫出草木的香

一根颤动的琴弦，在吊床上来回
在这里，你感觉不到时光流逝
身体触到"远方人家"的远山
原始的星空无比纯粹

沿着月落轻微的战栗
一幅流动的山水画
从一声鸡鸣中结伴醒来
温暖如日子慢慢铺开
五九香梨被记忆酿成了酒

时隔多日，我来了
栖居在重庆溢驰水果的山路
有着梨花味道的印记
小路蜿蜒，却不再崎岖
年复一年的五九香梨树
像一个怀胎的女人一天天丰满
那一年，那一夜
我在梨花树下迎着寒风
仿佛接受命运的降临
月光如水，你不落一字
我嗫嚅着的话也没出口

目光，扫落一朵朵梨花

一树树梨花一年年开过

挥霍过的白云渐渐远去

收集起那些似是而非的雾气

隐匿在梨树丛中的吊脚楼

依然古朴厚重。阳光、月光

如同我对这五九香梨的赞美

望着一树树紧抓枝条的青果

嫁接好所有片段

五九香梨被记忆酿成了酒

在这里，我开始种植诗歌

我仍然相信你露出的那对小酒窝

会从梨园深处的绿荫中探出初心

今夜

安静地在村口看星星

我不知道那最亮的一颗

今夜是否穿上新衣

风从星空掉在草尖

似乎能听到它的回声

把流浪的目光收回

把梦想嫁接到山上

山涧小溪绽放的小花

仿佛与黑夜无关

卵石和水奏出的和弦

今夜无眠

今年春上播下的种子

绕过深一脚浅一脚的山路

怀揣无数个白天黑夜

以一秒钟一秒钟的修行

把日月星辰风霜雪雨拼凑成

今夜高高的谷垛

月光不惊动黑夜

把那些星星解散

无家可归的萤火虫被今夜认领

云朵的影子压过来

没有人看见我的泪水

四合院

暮色四合，沿着疼痛的路径
远行人从四面八方归来
像之前几百年一样
一瓢井水为你洗尘

年复一年的那种味道
所有片段，古朴而厚重
风从天空下来，我们喝酒
围坐一起晾晒从前

窗前橘黄灯影，送走落日光斑
窗外一轮圆月，廊前映出山水
那些风清月白的人和事
此中真味，规矩出克制和隐忍

山村

那些窗框上挂着的日子
被月亮丢弃
一大片稻田触发蛙声
述说着草莽无法听取的故事

记忆挣脱了过往
我已找不到自己
在山坡偏安一隅
一处清幽的池塘，张着大口
流着岁月

星月向我滚来
我的面前溢满泪水
一段流泉，叮咚成
诗与远方

秋意被田野捧出

天气转凉
倾听或蓦然回首
花朵说过的话
早已兑现枝头

村口流水舒缓婉转
逝水不止　向远方眺望
弯弯的青石板路上
春梦还在一次次的花事上
高一簇，低一簇
只有青山肃穆
回荡着虫鸣蛙鼓

抖落夏天的一身尘土
秋意被田野捧出

乡间

晨光碰出一朵青翠的花
露珠藏着一个晶莹的太阳
光阴深处，我看见鸟儿衔来薄薄的云霞
绕成了一个甜甜圈

鸡鸣桑树，犬吠深巷
伴着我的心跳与村庄呼吸
熟悉的小径残红
似乎随时准备和我相认

阳光泼洒而来
路已被青葱覆盖
彩云挂满的苦楝子树还停留在几十年前
树枝头，摇晃着我的过去

我喜欢这漫无目的地行走

踏着秋水，走进冬季
在时间的分野上
寥落的夕光，些许的轻寒
挂满山径斜横的枝丫

熟悉的山谷，初雪开始打探
山坡上，幽谷的风吹过来
更多的雾气变成滴露
脚下落叶开始堆积
内心比平时安静

我喜欢这漫无目的地行走
一些细节，无声无息
这安静的傍晚，这山间的雾
犹如炊烟化作晚霞的影子

夕阳下的吊脚楼

千年的吊脚楼，一抹微笑
从阁楼里流出千载白云
画面中每一个细节
质朴而简单。青石板的诗句
托着一枚千年的夕阳

流水清澈，发出虚光
吊脚楼倒映下的蔚蓝
仿佛天空的翻版
弧形山峦和村落间
来来往往的人，缓慢了时光
恍惚中，我看见
鸟语从云端和枝头下来
所有道路，被夕光安抚

216

红灯笼一样高挂的辣椒红

千百年来，没有什么不同

斜阳照水，羞涩了

吊脚楼里辣妹子的脸颊

这悠长的红晕

散发出的每一个细节

连接着今晚群星的私语

小草

大地日渐深密

露珠在上面轻轻晃动

照亮了山里人的清晨

树梢接不住的星光和泪光

被你悉数收留

总是容易被人遗忘

我是一棵无人知道的小草

不知来自哪位歌手

一岁一枯荣

从寒流中刚刚转世

又以人所不知的速度

谅解了一路风雪

种满更行更远的山径

绿的狂流在季节转角处
推动着山谷的春天
当我读出你的名字
小鸟也放慢了脚步
生怕惊醒
夜宿草尖的露珠

莲叶上的蜻蜓来去无声

亭亭的莲子吐蕊

阴影被阳光追逐

莲叶上的蜻蜓，来去无声

它被自己的魂灵追赶

走一步，激动一步

像一个行吟者的爱情

凉风过处，我看见它的惊惶和无助

一朵云，停在不远处的田边

晃荡在桐枝上委婉含蓄

动用一千亩荷莲水中荡漾

呼唤十万只蜻蜓舞蹈

从我的角度望去

看见落日依山而尽

没有目的地行走

通往村外的路被荒草吃掉

这里的夏天稠密

看一眼莲子我也感到温暖

雨中人在半坡上

灰蒙的雾霾，连绵的河山

飞鸟的翅膀与歌声

隐匿难寻，雨中世界

只露水，不显山

村口青石板苔痕阶绿

蜂拥而至的时间

到处是风雨扫荡的声音

沿着雨来的路径

踩得大地一步一颤

一遍雨水被另一遍雨水碾压

遍地花瓣零落成泥

是谁，让阳光走了心

拦河的堤坝，抵挡着
肆意横行的巨浪扑打
木柱与黑瓦，阻隔起
撕心裂肺的风起云涌
一行飞翔的水鸟，在雨中
找寻着生活

不为水旱不耕的人
倒影落在半坡的水上
透过地上和田里的斜叶
等云开雾散，等雨过天晴

花果同树的缘

去年的果子还紧抓枝头
今年的花瓣又上树梢
过多雨水走失的繁华
似乎已被原谅
一些人的眼睛亮了

枝丫间一点点膨胀的梦
像极了那些情窦初开的姑娘
举起初绽的蓝芽
把一段羞涩放进光焰和温暖里
揉进枝叶和花瓣间的星辰虫鸣
全是烘托它们的背景
所有对尘世的爱义无反顾
我听到游人发出的尖叫和闪光

满树青果躲在繁茂的枝叶间

不愿让任何人发觉

铺设在疏影下的青石板

擦亮光阴的灯盏

见证又一年落英修成了正果

雨水和阳光吻过

行走在八月天空底下
我要把七月隐匿的太阳找回
恰逢正午，秋光晒在背上
血和骨头，冒出油墨的汗珠

蒲公英、一莲蓬、芨芨草
红辣椒、西红柿、白豇豆
这让人心动的生灵次第登场
漏下一地碎光阴
吸出七月多余的水汽
果实和花朵，所有誓言
如一盏刚刚点燃的火

此刻，雨水和阳光吻过的稻浪

不断加深着秋色

它们相互触碰、致意

仿佛一阴一阳融合的意念

在望穿春水的池塘

从竹喧中下来的浣衣女
揉出你的春温
水草和俗世的鱼虾
捧出一圈圈涟漪
水光山色一片

沉寂一冬的语言与心事
从黄莺的表述里慢慢绽开
我爱上的一朵梅
一缕透骨的香
收拢在近水立春的风口

池塘安静，没有纷争
水脉与山脉相连

年年岁岁，望穿春水的人
沿着光线穿过枝叶的小路
等待无数涟漪传递出
归乡的倒影和微笑

今年的果实比往年更红

冬日斜晖穿过密匝的树枝
熟悉的橙红映衬着她的脸
收获的季节终于到来
远远望去像一幅油画

果实丰腴盛满竹篓
被抚摸过的色彩，辉映着
从枝叶漏下的碎光阴
一个个安放的橘，井然有序

充满古意的木桥
斜倚出一条小路接近她
一筐筐装满幸福的日子
像余晖在她身体聚集

今年的果实比往年更红

丰满着掏空的村庄

填补着一个一个出走的人

雪中火棘

一片移动的火棘

分食半天白云

从方斗山的雪花中款款走来

手握火棘的梦

漫游在千野草场

我感到身体的轻和美

火棘高举　一如情书的忠诚

接纳着来自天空的回眸

与雪花相呼应的背景

在游人的注视中　它们的羞涩

与春天相似

今年的火棘　比往年更美

雪花的间隙　风漫上来
火棘收集着千野的暗香
铺设在光阴的青石板上
声线饱满的"锣儿调"
穿越火棘簇拥的吊脚楼
像在我的胸膛　点了一把火

折一枝柳条吐露岁月的葱茏

一树树浓荫，分割了月色

洒在一条布满乡愁的路上

剪一段时光插在心头

光与影，抚平一湖波澜

此刻，南方冬至虽来临

低垂的天色

却没有莫名的恐慌

是谁在折柳的古道里

把伤痛过滤干净

内心滚动着惊雷

徘徊的云朵，虚无了幻想

月光里鱼儿，溪水里静默

一如我走动的脚步轻缓

折一枝柳条吐露岁月的葱茏

把目光投放在月光瞭望的远方

片片落叶暗长着喜讯

风一程，寒一路

收集人间未了的愿

飘散的落叶

以风的名义迎来送往

这条青石板路

是村里无可替代的出口

新年后似乎永远是静寂的

那条漫长的路穿透古道西风

沉睡在回忆和乡愁里

脚下一层层厚厚的落叶

和根的梦一起被雪水收藏

我的父亲，坐在老屋一角

就着火炉，添加落叶

燃一锅旱烟，沉默

此刻，北风轻叩院墙

像一位故友旧地重游

室外，柴垛里落叶闪亮着远方

村口钟声响在光秃秃的枝头

一缕炊烟迎来暮色

落日的背上，雪正在溶化

片片落叶潜滋暗长着喜讯

片片落叶在深夜和黎明的崖上

为远行人辨认出回家的路

沿着叶脉走向果实

从山顶到坡脚，从石宝至拔山
这铺天盖地的橘红
就这样从春天到冬天
铺展出季节豪放的乐章

八千亩地山河，四十万株橘树
扎根那片荒野僻壤
一株一株连成的诗行
仿佛一根红线
接通 从中南海传出的春光

春垦土地
我能够想到你开阔无垠的豪放
垂下的果实一如树的主人

把谦卑和低调把往昔和来日
一遍一遍复制在山重水复的故乡

你以云朵的姿态
沿着叶脉把所有欲望酿成花瓣
让橘林芬芳忘情怒放
让所有怒放收拢成果实的香

我们在这里相约

隔岸华灯落下的彩虹
托起天空双桥的羽翼
遥远的这里，与那里
一种美悬在翠屏山腰
一弯湖水绕过古老村落
一颗星辰点亮望湖山庄

云朵在高处相遇
我们在这里相约
今夜，温一壶泉水煮茶
今夜，斟一杯土酒致意
今夜东溪湖水的波浪
揉碎了望湖熙园的时间

乡村阅览室

一条沾着时间锈迹的小路
通往桂花村迷雾的远方
阅览室院落绝世的瓦
被几丛修竹掩映
暖暖的朝阳照射进来
旧时光纷纷坠落

书页里的密码和索引
点燃一朵朵花蕊
也无限的接近阳光
敛神静气的庄重
死死盯在逐页打开的书中
一个人或一群人
把往昔和来日的未知符号

把柑橘城的风韵和妩媚

把四月的新立和中国梦

一起收纳到傍晚的落霞中

月亮，如约来临

精华山下的村落亮起了灯火

刚放上去的书页被踩着春风

披着夜幕赶来的人重新翻起

这无限蓬勃的梦

橘树丛中，一阵清风

吹开四月的新立大地

春风扬起的颂词

开出迷人的花朵

悬于高处的梦境

酝酿出春天状态下的心灵

曾经坎坷的小路

成长为宽阔的马拉松赛道

一行行累累青果

从阳光拨开的绿叶中

一遍遍探出头来

我闭上眼，被轻雾劫走的亭台

像一袭美人款款走来

万物的光辉把我的眼睛轻抚

精华山下来的云朵
俯下身子，与我交谈
这里的一切都在生长
正如你看见的七彩稻穗
你来新立，我会告诉你
这里的天地风调雨顺五谷丰登

这汹涌澎湃的河流

踩着春雨后的痕迹出门
恍然惊觉，河岸边
落红后的一树树青果
像一盏盏祈福的灯

这汹涌澎湃的河流
曾淘洗过我们的梦
徘徊在绿水青山之间
我迷恋这失而复得的静谧
河岸，鲜嫩如初
春水，绿波如滴
桨声涛声，化作了路边溪桥

禁渔期封存的渔竿

不再寻求与云和星辰做伴

它以落红化泥的姿态

在河岸木屋里轻轻打着鼾声

好像过了很长时间

梦里的涟漪层层泛起、扩散

仿佛是对鱼儿轻轻地呵护

岭上九月红

岭上的柑橘——九月红
坐在腊月的绿叶丛中
忙碌与辛劳围绕着它
所有来过的人，都心存喜悦

风声里不连贯的话语
拂去露宿在枝头的霜雪
寒流掩不住那前世梦境
新的时间，直抵新年叙事

我心存感激，努力地爱
树树九月红要表达的愿望
穿越村庄多情的炊烟
在新年里被——应允

阳光在乡村游走

阳光从高天下来

久久不愿离去

仿佛要让展开的季节

每一寸土地都覆盖着光芒

阳光越过云岭

从南坡到北坡

刚刚播撒的种子

希望它能走得慢些

便于劳作的人多一些时日

如果你有足够的耐心

看花蕊死死拽紧的云彩

被阳光慢慢剥离

一些经年的秘密

沿着南风在高处抒情

阳光回到农舍
屋顶上便架起了炊烟
迷人的符号
缭绕出日渐丰盈的日子

第三辑　甜梦从心灵深处涌来

约定终生你是我望眼欲穿的岸

星光涌动　内心蓝色的鱼
荡漾在戚家河的柔波里
浮在春水里情丝
唤醒三月的桃红

独坐岸边
那扯着纱裙躲进树梢的野烟
那舔过我脚丫泛起倦意的浪迹
那从月空星河汇成的天籁神曲
那些海誓山盟　骨髓里的涛声
像河岸缤纷的油菜花瓣
一声声呼唤

默诵你鱼箭滩给我的诗句

战栗心灵的长句短句被月光打湿

因一语莫忘　我滴落的泪水

在一朵浪花的眸光里放逐

风声和时间　抓住索道上的钢丝

荡回来　又荡过去

灵魂走不出你的岸

夜色氤氲的芬芳里

沸腾过的群山彻底凉下来

浪在回头　风在絮语

漫天轻飞的萤火虫

隔着月光水岸　情丝相牵

因为有你　我不想远走他乡

约定终生　你是我望眼欲穿的岸

想你的时候　看戚家河

想戚家河的时候　看谁

哥啊　要是骑龙滩送你的卵石还在

今夜　我一定在跳蹬石上等你

坐在七彩湖畔的草地上

坐在七彩湖畔的草地上
像星星撒下的一粒种子
遥看天河，月如水
在望不见你的时空
一些亮光在湖水里等候

吊脚楼前的萤火虫
说着隔岸山的名字
渔火闪着微光
跑入梦的空间
把一盏灯读到厚重

追梅的人

雪花将你的影子不断拉长
那片白云，停在大上
把大地的梦幻打开
一程程水寒山冷风中的人
在近水的梅树下徘徊

通向你的路上
爱，要经历风霜雪雨
生命，需要坚韧顽强
抖落一身雪花
三千里月光干干净净

当我春天来看你时
你却醉卧花丛

我要下你的暮年
在我灵魂的花冠中
清点落花流水

远望尘烟之后

最后一片叶子落下

正在封存一些踪迹

回乡的路，远望尘烟之后

被我的诗句一晃

熟透的气息

便成为一杯陈年老酒

祭桌上的香烛缭绕着与仙人的语言

符号总在梦境中重组

这些声音，漫长如抚摸

像墙上打着鼾声的犁铧

在时间的耳朵里回响

一副副对联贴上门框

成为来年的祝福语

一声声爆竹鸣奏的向往里

一阵阵爱一般的战栗

围着我守旧的炉火

大寒，最后一个中国节

时光，流水般走来
涉入小河更深远的梦
说出灵魂飞翔的文字
轻抚被岁月割破的吻痕
扰乱谁心中的蜡梅开？

一年最后一个中国节
等你消息时
梅花正顺着一条河的走向绽放
岁月的跫音，撒下最后的寒
雪花纷飞，压低了天空

一枚心事从遥远行来
深埋下一粒梦的种子

踏着青石板桥前的疏影

谛听立春的光芒

慢慢爬满阳光的木屋

过了这个冬天

过了这个冬天
你就要和我走远
人潮中，你转身离去
你的影子我已看不见
我也去了山的那一边
月牙编制的美丽成了云烟

是谁动了琴弦
水寒山冷一程程
不想说，不想说再见
你的笑颜消失在黄昏
风把愁绪吹落一片片
让你迷住双眼错爱了人间

留不住这流年

和你秋波似的眼

村口里，枫叶落满天

我好像从此没了灵魂

我闻着芬芳跋涉无限远

山重水复我们总隔着重城

黄昏下的落叶

一个人在郊外行走
夕阳总是那么美好
我的内心却越来越荒芜
风，吹着冲锋衣和我
落叶，像无数挥动的落霞
向今天告别

我们在人世奔走
一些过往如同黄昏下的落叶
无论最后生疏成了什么样子
总如萤火虫下的絮语
即使远去也自带火源
风卷起叹息，然后落下来

黄昏，依然是一张秀美的脸庞

古旧的爱情如树叶纷纷落下

我是山谷里一轮月华

我是山谷里一轮月华

亲吻过你村落里的家

琴声穿过我放牧的马

醉人的歌声回荡在月华下

这月华曾染过昨日晚霞

曲终人散我也永远牵挂

你是我今生最美的遇见

也是我山谷萦绕的小红花

桃花人间

像一场春秋大梦落在人间
不管是向阳还是背阴的坡上
二月的大地，你的云朵绯红
又恍惚一次春梦，让一场青春沸腾
花瓣吸收了阳光匆匆行走的背影
化作光明和激情的盛典

我挥一挥衣袖，一些花过于紧张
大朵大朵在空中乱飞。东边溪水涨起来
此时，停留在一朵云上的桃红
卸下时光，落在一层层扩散的涟漪里
栩栩如生的色彩，带着人的呼吸和体温
惊醒榆荫下的鱼儿。远方人
怀揣一个春天，不远万里赶来

我是桃花庵中人，吐着酒气

一呼一吸，深藏的秘密从未吐露

我想找一间房子在此安放

元宵夜下的等待

踏过青石板桥前的喧嚣和拥堵
把人约在月上柳梢头
黄昏，越过隐秘音阶的雾
邀出月亮，一路清新

月亮在一路小跑
我慌忙躲进树影里
摆放好月光和一世光阴
等你的到来
等青涩的等待有个结果

写满故事的天空下
一个人抚着另一个人的影子
一朵云簇拥着另一朵云

太多的愿望写满十五月亮的脸
月光下的人走了，又来了一批
影子在月光下晃晃荡荡

远处，焰火里生出焰火
夜色里开出繁花
这些春天的挑衅者
抖落孤独的影子
刻骨的等待，在今晚夜色里打开

栅栏

一些美好的风景

在栅栏里围着

苏醒后的蓓蕾

也不会探出头来

她在栅栏里读诗

云朵晃动在无垠的蓝天

一朵云和另一朵云

在天上接吻　白玉兰

旁若无人地开着

时间和色彩变幻着小小的梦

远远地看着你

我忘记了天使的模样

一束斜阳照过来

黄昏披在她肩上

给一个诗眼，让她温暖

拉住梦一起含苞

抹去与天空交汇的界限

小鸟正踩落一片白云

引来月光揉碎流水的声音

我的红袜子

收到女儿寄来的红袜子
我内心发出的潮汐
模仿出幸福的姿势
那一双红，红透心底

选一个风平浪静的日子
穿过城市的虹霓
映衬我倒影的流水　波光下
临水自照我的红袜子

云朵在岸边飞来飞去
明艳的红，多么优雅的劫持
一只云雀跟着我，像是在说
我的红袜子比一切都美丽

山中雪蝴蝶

飞在山崖，飞在风里，飞在雨里
雪花，装点着你可爱的样子
一丝云影掠过，暮色合拢之前
思路丢失了，拾起来再作记忆
眉间斜阳正离开时间的秩序

雪花的触角，如蝴蝶的轻
一步步将满怀愁绪付予天地
"身无彩蝶双飞翼"的诗句
每一梦，和你心有灵犀
我愿化风行万里找寻你

雪里蝴蝶悠悠，草黄风无语
青葱的爱，花光我一生的情绪

274

水寒山冷，所有追寻只为一个名字

来去之间，留一个亲吻给你

为你送上一朵蜡梅的香气

故乡的油菜花

青山簇拥着金黄，艳丽辽阔
像我去年逝去的母亲把故乡抱在怀里
像田野中走丢的背影洒满落英
在春天化作油菜花，一声声呼唤

那些被露水打湿的花蕊
在蜜蜂的采撷里，发出咝咝回声
像一朵朵在花海游弋的小鱼
手心紧握芬芳，和千山万水共温存

我的诗句是来自花海的震颤
把小桥、炊烟和一个老人刻在心里
把身体里的呢喃与粼粼的波澜
乡情一样泪眼盈眶，一片片辽阔金黄

荷思

一袭一袭的绿罗裙

对视凝望

梦里的红粉佳人在水一方

热情像七月的流火

在日光的奏鸣曲中

灼热双桂的荷塘

蜻蜓打开天使的翅膀

携着伊人的幸福

一次次压低飞翔的欲望

不念稻花香里流韵飞度

不念桂树旁边柳丝成行

不念徘徊的绿波迎着落日

缓缓淌轻轻漾

只想掬一滴荷露等待

石桥月色流泻

看莲的转世让浸入骨髓的高贵

无处躲藏

桃花落

晨雾一起来
满坡的桃红缤纷如雨
遇见缓缓前行的游人
在一朵朵落红间赫然伫立

藏在桃红下的秘密
怕风来敲碎少年的心事
我熟悉这味道
不管过去多少时日
桃红的花瓣
缤纷过我灵魂的诗句

桃树各自开花，各自消逝
这一年年的轮回

目睹爱的到来和远离

落红打在脸上，一阵阵战栗

一束春阳，从枝丫间过来

我潮湿的目光

被风一次次掀起

老街寻梦

在苏家梯子，在东门城墙
那个曾经熙攘的街道
杂乱的青石板掩不住残缺与衰老
在前世和今生之间游走切换
我是那个顶风冒雪回来的人

雨落后的黄昏
那伊人梳妆的一排排小轩窗
被我塞进爬满青藤的梦里
神秘的暗语半掩薄幔
只有我听得懂
过去的一切成为梦幻的余味

老街已没有什么新鲜事情

脱落朱漆的木栏还在
只少了你的影子
踏着古槐树漏下的落日寻觅
夕阳正掉进发不出声的枯井里

十五的元宵又过了
我还在灯火阑珊处
翻动书页等你

东坡书屋

舍弃暮晚送来的月光
坐在这里翻动书页
一页页故事寂寞地摊开
仿佛苏家学士，从东坡梯道
缓缓走来
过去他在，今天我在

残月，从木格花窗穿过
留下书屋的静
月色翻动书卷的声音
落进不远处的枯井里
夜风，从东门城墙折进书屋
覆盖在我身上，不悲不喜

河边

我以我的思念
不断赞美这样的蔚蓝
那些乱麻一样的心事
搁浅在阳光饱满的水位线上

流水串起岁月
拉长和暖时光
泥沙怀抱卵石凝结的诗
难以承受逝水的流量
脚下浪花，扑来又散开
一朵朵，像一声声呼唤

河岸两边，花又开了
白鹭戏水。如同醒来的浪

想白鹭的日子和想你的日子

我就从远方回来

跑到堆满落叶的渡口

张望

月亮落在谁的心里

一朵野菊花的香味
羞落了天边夕阳
直到风也尖叫，所有黑夜
被一轮明月照亮

仰望的人怀抱流水之声
在河边缓缓而行
一切诱惑，无法表达
来这里享受清凉的人
每一次轻轻晃动，一颗心
便瞬间年轻三分

河水牵动月光游走的脚步
嘶哑的歌声和坝坝舞

越来越沉，越来越近
幸福和暑热不是秘密
柳荫在既定的季节
并不和月亮产生瓜葛

映着我倒影的河水
延续着一个个困惑
一切都不能回到昨天
也无法表达，回望的感觉
能够盯着你看就是快乐

寂寞在柳枝下

柳枝多余的丝伸过来
我躲在它的光影下
谁也不知道我的怅然
清脆鸟鸣在头上朗诵
黄昏到来自己按时回家

一个人总爱收藏一些秘密
看柳芽吐在春风脸上
听柳枝吹响一曲《折柳》
清晰的柳影潮湿我三千青丝
为一首诗守住缄默

夜色的手伸过来
挂在枝丫的碎月在水中照见花枝

也照见柳枝一树清欢

山高水远的悸动，原始干净

每天不知为谁怦然

我安静下来，换一个方位

以柳枝以月光以流水的姿态

捕捉落霞与孤鹜

满山红叶似彩霞

思念的红叶铺满了山冈
身体里温暖在心中激荡
秋风中采风，虚实之间
见到你秋波滚动的模样

你仰起头，瞬间的战栗
已抵达我潮水般澎湃的心房
一夜的沸水追赶古老的梦
遍野的红枫溅出半个月亮

跟在你的脚步来回徜徉
读到你从青涩到成熟的模样
一片又一片草原，送走夜晚
迎来苍茫万里璀璨了霞光

我不敢由此信马由缰
更不敢安静地躺在崖畔上
我担心秋风吹落枫叶
一去成为梦里的乌托邦

总盼有人陪着过小河大江
却知道谁都有自己的轨迹方向
你的心是小小的窗扉紧掩
何时在爱人的肩头痛哭一场

山花

泉水流淌在山涧

花朵为谁跌进思念

是这样美的漂亮妻子

爱也擦不干涌动的泪

是谁在你的心里安眠

一汪秋波似的眼深邃有神

人神共梦，是谁在等

上帝应该熟悉这是谁的来电

一些花影，怎么也送不走

久了，层层叠压结成厚茧

永远延续的时间啊

即使吐不出温柔的花絮

也别去打扰那亮泽尘世的眼

在你的花苑，看云看书
看从脚下走过的春天
月亮圆一百次也是云烟
我只是相信
最后一片花瓣飘落之前
你的那对小酒窝
一定会探出在绿叶之间

开满秋天的山菊花

秋风中的野草一节节枯萎

深秋的山间铺满落叶

故园里，你花枝纵横

花瓣在风中摇曳

云朵揉进慵懒的发梢如银子流泻

秋水似的双眸湖般清澈

花朵之上，光芒四泻

即使经冬岁月老去

你依然保留花朵的模样和颜色

所有爱过的人化为思绪里飞天的雪

你将夜色切开融进一轮花月

和山谷的花香一起重叠

一滴秋露，是一面明镜

藏着细小的呐喊

憋红脸的秋日，像你
满山菊花映衬一地红叶
为羞涩腾出惊鸿一瞥
山菊花垂下明媚的额
锁不住心跳的花蝴蝶
你妖媚、善良、智慧
吐气如兰，在自己的领地
似一种秩序开满秋天的季节
那些春天的花期

一个人的心事
就是秋天的心事
耐人寻味的花瓣
自顾自美丽

那些春天的花期
兑现在桂花开放的日子
某个时日
当一朵孤独的百合果期出现时
你穿梭在幸福的无人区

穿过田野，越过小溪
穿过满山红叶的日子

人海茫茫遇见你
谁牵着你的手穿过街市
回头看一眼落日
幸福的天空多么相似

动人的旋律时时响起
曾经秋日粉红的小夜曲
美好的音韵永不消失
泪光闪动，红唇微启
无论现在和过去
檀香一样的呼吸永远在梦里

芙蓉花

你给的梦像二月的兰
白色粉色红色的念想
是风景雷同的旅行
你花开时，我已成葱
结出的果，给秋天开道

一朵花和一个季节相遇
不一定都在春天
有时隔着一夜有时隔着一生
掉了门牙的梅子
已记不起当年的爱

有马蹄声裹着风破空而来
反复抽打轮回的时光

有多少春天失之交臂

有多少芙蓉花我们爱着

最喜欢这样的季节

适合藏在心里，慢慢回收

莲子已成荷叶老

举起的一枝荷花
我刚伸出手臂荷花就谢了
我站在岸边一动不动
一片枯荷，低下头
听冷雨敲打

蜻蜓已不再回来
风在草尖练习翻卷
一只蝴蝶飞进来
它替荷花喜欢自己
看着你，忘记了天使的约定
那些枯萎的荷叶
流动成莲子
是这个世界救命的药引

这样的时节

这样的时节

这样的荷叶伞盖

一点一点收集秋天的光

命运小心翼翼地走

所有的沉默被打破

想念一个人，所有张望

犹如蓄积水的嫩藕

它临水而居的样子

拒绝不了时光风尘

午夜梦回时跃动在字里的诗行

涌出生命里唯美的蓝

唇边浑圆的旋涡

在月光剪纸下
收集从西方来的风
慢慢蜕变成一池枯荷
好比一个人穿过另一个人的灵魂

一些光阴送给星辰
一些光阴送给来世
我怀念，逝去的夏天
一层层天使盛开后
她在远处操纵着我的失眠

三峡湖之夜

一汪明镜的湖水
把路过的每一个夜晚收集
湖边柳丝低垂，弱不禁风
秋深，夜浓

河流慢下来，趋于停滞
两岸灯火被湖水接住
它的背后，万物都在战栗
青山和夜空一同沉默

秋波渔火，与湖面一同延展
我被无形的虚空澎湃
那些前来探路的云朵
手握夜游的梦，倒影成诗

鱼儿和星光

抹去与天空交汇的界限

没有月亮的夜晚

只剩下气味和声音

远处焰火，开到天上

我怀疑，时光瞬间停顿

夜航灯从远处来

它邀请月亮和影子直达沧海

秋收后的黄昏

溪流从山上下来

游走在行岸树垂下的田野里

秋收后的黄昏

舴艋、青蛙和孩子们

一同欢笑、尖叫

一个人在岸边看日落

吱吱的虫子们

叫来一堆晚霞

延伸到每一家檐下

为打谷场的机器呐喊

一头啃草的牛，驮着牧童

还原着原始和自然

黄昏深了一些，夜色尚浅
一阵紧似一阵的晚风
吹着溪边一些低矮的事物
暮云，慢慢收拢两岸
树梢与炊烟的密语
一些细节在想象中发生

一行白鹭，映照着流水
淡淡融入旧画的风景

秋的心事

缠缠绵绵，淅淅沥沥
恰似我半生的时光
悄无声息。野花一簇簇
漫山遍野，淋湿了心事

我从山中来，怀抱一枝秋菊
我喜欢的花朵，凌乱了情绪
世界，开放在我梦里
正如它名字寓意的那般美丽

我喜欢这雨喜欢这雨丝迷离
一滴滴，一串串
秋叶撒落一地
掀开一树树果实

欲望的实体从此抽离

我像一条小鱼
快活地在秋色里游弋
即使我们永远触碰不及
我也愿意化作一朵莲
枯萎在你的柔波里

小雪

千山的鸟鸣稀了

万径的路生出枯草

世界落了个明明白白

我听见 风声

和让我温暖的梅

爱你的人即使走了依然爱你

不爱你的人依然不爱

甜梦在心灵深处

恍惚的身影梦里的莲
在你的红唇中幻化成蝶
我期盼的眼如烟的过往
一次次融进吐蕊的暗香

握不住的潋滟隔世的伤
吐纳的气息越过尘缘的桨
度过每个花开花落的季节
莲的转世让美浸透沧桑

与蛙声里的稻花深情对望
莲的韵迷乱了天使的翅膀
心上的爱荡起一圈圈涟漪
采莲女的歌惊起一道霞光

一朵云彩把积攒一个夏的相思

铺满。滴落的莲影轻抚罗裳

千年以后繁华落尽

那一莲幽梦却依然未央

春梦随醒

一畦桃红

穿过轻幔的薄雾

沿着小路一起开放

一块灌木的阴影

等着一场风来，化解

拐弯陌路处，残冬还未逝去

零落成泥的落叶

刺穿田野浅薄处

从土里化出漫不经心的芽

一些句子也跟着苏醒

沉思的枯枝在鸟声的呼唤中

睁开迷蒙的眼睛

看一泓即兴的山泉

拨开忧闷的时光

随了水鸭

染上春风的雪花

落在一座古老的拱桥上

往事在记忆中

留下一行孤独的脚印

偶尔一只雪蝴蝶扇动翅膀

像一个眉眼里满含梨花的女子

醒在梦的山谷

与蒲公英书

此时　在生命的天空

承载多少人间悲喜

携着天边飞来的短信

忽隐忽现　你的前世

与世无争　每一次来到尘俗

整个世界都燃起爱的火焰

走在辽阔的旋律中

飘逸的大朵白云

融化在你的柔波上面

我喜欢　以诗歌的名义

传递你快乐的源

风从高处赶来　喊你叫你

轻盈的舞姿一夜未眠

趁白云还未散去　祈祷

留我一份尘缘

七夕

对你甜甜的回忆
缭乱我三百六十五个日子
思念的雨
湿润了七月的天河

遥远的你已经遥远
银河落进海的蓝
孤独的月亮引来潮汐
玉兔驰骋　却怎么也
走不出你天日的冰凉
凄美的月影
今晚的夜，不会沉睡

隔岸呼着你的小名

一朵憨态的黄菊花

在初秋里独自开着

银铃的声音，悬空的泪

这一切是多么怜爱

坐在落满星辰的河边

怀想远眺，不解之梦

在记忆和遗忘之间

在欲望和空虚的天河.

一年又一年，一声声呼唤

又是一年高粱红

七月的土地墒情里

那么多落日汇集

盛下一个梦想的容量

羞涩的高粱红背着风的方向

抽取一部夏的成长故事

一片霞光里　有爱有痛

春风化雨

一条条惠民政策

在辽阔的天空发出阳光的声音

女人们的花头巾裁剪着春风

扁担弯弯　一闪一摇

将母亲的背影摇曳进山水里

颗颗籽粒饮下朝露与晚霞

浓缩成活色生香的高粱红

像母亲的乳房丰满而圆润

一片嘹亮的乌云挂满夕阳

高粱细密的枝叶

被落日又过滤一遍

光影斑驳　在昨日和今日之间

高粱的底色若时间写下的诗篇

轻轻漫过我的灵魂

十月

十月的阳光退去夏日的灼热

一束束柔和的光　落在

行道树发芽的黄花槐上

一朵一朵　优雅而浪漫

踮起脚尖　向山上绿海眺望

一树树橙黄橘绿

与秋天的阳光碰面

掩不住一片羞涩　几只蝴蝶

张开美丽的遐想

在绚烂的光芒下来回

桂花在山间清香乍泄

仿佛动荡的水流溅起涟漪

山峰慢慢缩紧身子

群峰摇曳　似梦还醒

季节的背影

小心翼翼地走过秋天

一次又一次　一年又一年

十月的落花挣扎在自己的思念里

沉默的故事

沿着一条缓慢的河流

融汇长江去寻找大海

时间比落叶守时

一片叶子，心动了季节的眼神
落地发生的质感
为村庄依次展开明亮与妩媚
远见与情怀，与岭上的时间碰面
广阔的意境
羞红了半面山坡

时间如树影，沙沙流逝
从叶子缝隙滑落的光线
被父亲疲于奔忙的身影　覆盖
草木苍茫　秋水怅然
这值得赞美的时节
我在原野立成一根枯枝

捡拾起比时间守时的落叶

将沉思的脉络轻轻梳理

一次次仰望天空

散落在记忆中的秋天

如蓝天白云在夕光里安静下来

橘子红了

风吹万里
吹红一树橘子
一只蝴蝶翩飞
那是秋天发来贺词

日月运行，灼灼其华
开枝散叶传递的芳香和笑声
掠过一段时光
斜枝横过来　天空阔野安静
晚霞和橘红好似金线和银线枝叶间穿梭

雨水和阳光一路交替
紧抓枝头的日子
没有比坚持的信念更重要

每一枚枝叶都被悠远的牧歌浸润

每一弯橘林都有风尘加盖的颜色

每一个橘子果实内部

都装着一个火红的太阳

季节在浓墨重彩的绿叶里

描画出一个个高举或垂下的橘红

点亮奔波者的心灯

给梦一道虹影

缘来和花朵的故事彼此青睐

从一树花芽分化开始
一朵繁花盛开的结果
就是一个人一生的圆梦

一朵花开的时间太短
花期酝蕾的日子太长
有些花儿羞涩
拒绝在我到来时抒情
在这个世界上
有时欢乐虽像昙花
也会在消逝前的一刹那
幸福每一个奔走的人
回望过去，花开花落
爱的女神慰藉人世的起起伏伏

人到中年 看着流水似的光阴

你的眼神充满温暖

你看我的眼神也是

我从水晶似的梦幻中醒来

停在花间的那一刻

就把我带进压抑不住的芬芳

我的目光和盛开的花朵重叠

缘来和花朵的故事彼此青睐

年年岁岁　云岭的风吹过来

枯枝的云端又开去年的花

结蒂的青果带来未知的兴奋

我不知道　还要看透多少光阴

才能把结蒂的青果读成果实

晨光摇曳浪漫裙花

这么早，就留下步伐
英姿冲刺出十月的英华
那些梦寐以求的场景
如今在蔚蓝的云朵下

卸下忧愁风雨轻装出发
晨光摇曳浪漫裙花
你来，落花一地
你不来，一地枝丫

往事

追着月光赶路

像追赶一场往事

人间岁月　旅途心情

如果美好　就请记起

夜风里

流水滑向落日的方向

深不见底

深谷幽静　山岚雄奇

林中萦绕着铁皮空气

几只夜莺来来去去

旧人旧事　旧话重提

在我写过的日记里

我不说归期

爱得一日不同一日

拉上的帷幕　重新开启
古老的章节　在历史的浪花里
凝结成时光一声叹息
捡拾起故地遗落的诗句
云深处　稀疏的风里
这微动　这轻泛的涟漪
今夕是何夕

我曾经爱过你

我用一个早晨的时间
打量雪花在天空中盛开
时光在山涧流淌
一汩汩汇成所有自然音符

怀揣着洁白的世界
深呼吸一口晶莹的雪花
没有人知道我内心的风暴
世界和时间都在冬眠
一些记忆却在清晨复苏

我曾经爱过你，而今
雪落苍茫草枯未醒
面对满世界银装素裹

听雪松和天空在风中对话
曾经的琴音和羞涩
能否弹出一泓清澈的溪水

接近太阳的日子

二月已经来临

接近太阳的日子

一枚叶子新芽的脉络

越来越清晰

这个时节

虽然依旧清冷

如果踩着晨光小径

我们重复的泥土　苍凉的梦

已开始活色生香

渐渐涨高的小溪奔出村庄

新的旅程有诗意的热烈

一点点爬上蜡梅的高度

陷入没有融化的雪里

轻踏小径的脚步寂静无声

忽然　一只山雀

颤动着神奇的翅膀

想抓住晨曦里初升的太阳

风和言语

掀开一帘幽梦

忆

落叶起伏，落花遍地
记忆的鳞片发出回声
两个人并行的青石板小路
变成一个人的孤独

还想与你倾听许多鸟鸣
旖旎的风景在眼前荡开
回来的路上，绕开那些花朵
门前紫薇又落了一地

我常在繁花散尽后的地方眺望
希望有一阵熟悉的脚步
从一面风的方向走来
回忆的时刻美满

世上一切都是命定的约会

芳草萋萋的小路

足以安顿一朵花的开落

我却没了灵魂

寂寞

夕光，从容而安详
白天的伤痛在此时愈合
被诸多事物围困的心思
落在暮云收尽的流水里

沉默的原野
南行的风突然改变了方向
踩着昨天留下的雨水前行
孤独的影子被月色拉长

三月的花朵，在空旷的梦里
结成了秋天的果实
你曾向我袒露，作为一片落叶
猜不出声响的源头

黎明将醒

一切都会好起来

我会忘记困惑，像要忘记你

连同露珠上矢车菊的初吻

夏至

南行的风已散发出火焰
故乡麦芒反射的光
使所有事物日益丰满
朵朵的笑，宣示
草木的壮年已经来临

阳光足够慷慨
成为辽阔的主题
夜色风情浪漫
青春的身影在此飞驰
我要以怎样的姿态
分取你一年最长的白昼
你从记忆深处转过身去
送来春天所有阳光

群山环抱，层层梯田盘旋
不远处，蔓草横生的玉米地
佝偻的父亲，把太阳戴在手腕上
沿着叶子游动的脉络
一池蛙鸣，唤醒六月的惺忪

越来越近的快乐走向我

枝丫萌动　吐出春天

也带来鸟的呓语

把身边的风景联系起来

绿意随心潮起伏

世界像上足发条的时钟

一刻也不能停止

我沉浸在巨大的欢欣之中

侧耳聆听　大地

正在用无声回应我的心跳

越来越近的快乐走向我

处心积虑的微风反复弹唱

一群人　借助梅花的信息

有了活色生香的梦

小草不断地扩张

温柔地淹没了黄尘古道

我藏起阳光的暗香

等夜晚来临

风轻轻卷起帘子的时候

饮下月光，坐成一滴清露

嫩绿未成荫

潺潺流水
收起山涧最后一缕斜阳
一头老牛
以温润的形式舔舐黄昏

我就是那位夕光中抵达的人
斜倚仰望　晚风　云朵　蓝天
那么有序地在我面前排列
造就了更多的明天和可能

对着蓝天许个心愿
心上升到群星之间
风默默地看着我
唯有夜莺喋喋有声

好像是它吐出了新春

拣尽寒枝
有鸟在稀疏的嫩条间筑巢
月中身影和那些新生的事物
比真实的自己让我欢腾

浣衣女

以半蹲的姿势
扬起手中的捣衣棒
清风云朵和河流
一拨拨从青石阶上走过
过往的船只装满苍茫

此刻，扬起的水花
溅满春意的南山
多少重复而又交错的捣衣声
给天空的每一个音节
给内心的每一次感受
被河水折叠打开带走

春风水袖，拂过

干净光滑的岁月河床
浣衣女轻快的捣衣棒
把发白蓝色的粗布衣裳
把江河星辰的满腹心事
击打成一缕缕乡愁

面朝大海，春暖花开

春水之岸

朝霞弥漫

一个宏大的夙愿

越过天边的栅栏

像白云在翠屏山飘落

像江水在三峡湖铺展

以苗儿山为半径

金华山方斗山虎踞龙盘

画出一个大大的同心圆

弧光天地间　闪耀出

追日的惊叹——

忠州圆梦　科学发展

传统与现代手笔

智慧和实干结合

力与美角逐

建设者汹涌的熔岩

喷发出千年火山

久违中勃发的灵感

在这里世纪会战——

你看，碴井河在呐喊

天子山的旗帜迎风招展

涂井林海好景

最是橙黄橘绿时

巴云优质谷穗

涨破一切束缚

饱含农家人深沉的情感

官坝蚕桑

衣袂飘飘美轮美奂

一滴乌杨酒香

写下十里高粱红的期盼

八斗台 天池水 金色杨柳

乌杨厥 白公祠 石宝古寨

在历史交汇中绽放斑斓

乌杨工业园茁壮的铁塔

牵引太阳和月亮

衔接大地和云端

瀼井桥 玉溪桥 川祖桥

红星路 巴王路 滨江路

制药厂 造船厂 水泥厂

派森百 雷竹笋 红豆杉……

像珍珠一样串起

装点了库区江畔

古老的忠州 完成了

一次真正的涅槃

圆满的半城

面朝大海　春暖花开

宜业 宜商 宜居

希望 自信 勇敢

繁荣 富足 平安

一个时代的古朴

从睡梦中觉醒

励精图治的火炬

在忠州熊熊点燃

远天 一缕斜阳

醉了万水千山

我只想坐在春色的旁边思念

思念，春回大地的涌动
纵横交错在额角
仿佛一盏晶莹灯火，照亮诗的远方

又仿佛一曲笛声
在一树梅花的梦里倾诉火热的衷肠
缓缓流过，山川的幸福

密林深处，两朵祥云一如爱的脚步
悄悄走进春的门扉
让我们又一次再度重逢

千野纳凉

山路婉转

来到千野筱镇

太阳的光斑 隐没在

一棵树和一张吊床的摇曳中

光与影交汇出清凉的心情

天空蔚蓝 天际多么深远

一阵清风袭来

像牵挂某种心跳

山下城市延伸的厌倦

在接近千年枝丫的边缘

被挂在林梢的白云换回

质朴成最古老的初心

我用残剩的清风

吹落浴火焚烧的泪水

风啊　请你走得还慢一些

今夜　让翻山越岭的星月

在我的诗意和禅中投宿

影徒随我身

我欢喜的时候
追逐自己的影子奔走
阳光在哪里，欢喜的光芒
就在哪里降临

我累了，影子也陪我歇息
把过往的隐秘写下来
就是感受幸福的历程
我不走，影子也不走
时间，也一直不走

我又启程了
那日中晌午，那和煦秋日
直达爱情与爱人

我的影子，我的幸福
像一根闪烁的细针
把我们缝在了一起

写给老婆的诗

那几个字，怕已说不出口
内心涌动的潮汐，今日更显苍翠
美好年华付给家庭一个个春天
我们共同抵御住了春潮的侵袭

是啊，人间的花朵爱不够
我睁眼看月亮的变化
而它却给了我那么多意外
在你身上，一个个光明的路径
总引春风到画图

收拢万里月光
我们在一个温暖的流域老去
我们的心灵，此刻
触到了什么叫相依为命

盼

预知雪花将要来临
等来等去，天上落下的
依然是一如既往的雨
我已听见，你在远方
吻我的泪滴

盼望的雪花没有出现
正如我思念你，写过许多诗句
却始终如一场没有落地的
高高在上的往事

我已常常认不出自己
想让你打开梦中的窗子
靠近你，靠近雨水的子宫

盼来一场风雪让我冷静下来

为我们的重逢做着准备

雪花漫下来

纷纷扬扬，把思念挂满天幕

雪花清晰的影子

洁白我三千青丝

红梅的蕊，蓄积着冰川的性格

却满怀一场接一场的春梦

掬一把飞雪装入壶中

丰盈起"一片冰心"的诗句

邀请你，沿着若隐若现的身影

在原野里清点那些奔跑的白云

雪花漫下来的时候，时光也慢下来

捞过日子的回响

面对新鲜而干净的世界

让我想起一位女子，瑞雪纷飞里

怀揣一朵红梅的火

用吉他弹奏着冬的恋歌

私定终身

就在前方

行走在雪地的人

踩着猫的步子，走得小心翼翼

饮下无尽的美色

从此，我无法入眠

山林黄昏

我不需要一尘不染的风景
只想在这寂静的山林黄昏
坚持着一个人的宁静
与见不到的恋人对视

眼睛在树枝发亮的时刻
茂林修竹的叶片
抓住夕阳不让光芒流泻
起伏的光晕，把外面的尘埃
拒之于青石板之外。月亮
从微风的嘴间拂来

老树新花般的光影
喘息着初生时的蛙鸣

这时，每一棵树的安宁
都以我诗歌的光亮
成就着果实的命运

春雪

雪花，淅淅沥沥
不染一缕风尘
揉着惺忪眼睛的吊脚楼
在不远的前面
等你来赴春天的约

这些年，你总是姗姗来迟
娇羞如村落女子
明艳润泽的芳姿，收藏起足音
携一袭暗香，在池塘在湖泊
倒影成月光落地的温馨

芳醇的话语泊进谁的心窝
至真至诚的泪

带着热烈和一个人体内的气息
吻落半遮半掩的乡愁
欲望和激情在思念的空气里

雪花飞落，不用担心时光流逝
绿色的期盼在枯枝上
宛如儿子的乳牙萌动
星辰下，雪水以低于草木的姿态
迎接着二月的桃红

等待

坐在寂寥中看树枝
朝天张开冒出新绿
鸟儿在身边
来回啁啾，喝下一口茶

尽管日落天冷
一树枯枝翻涌起身后的云朵
我手里的烟圈在风中
不断失落

北风从一根树枝逃到另一根树枝
睡梦没有被惊醒
面对还将到来的倒春寒

请给枯枝一条花围巾

即使我身上衰老的体温微不足道

也希望它明媚起来

回到深山

天空多么辽阔
取之不尽的蔚蓝
落在虚空的村庄
尘埃和露水流露出原生气息

目送我远行的山峰
还蓄积着最初的光芒
青葱独立的枝叶间
不时有鸟鸣传来

当我整夜失眠
没有由头想哭的时候
我就想回到这座葱绿的山峰
看一眼就很满足

一盆三叶草

带着热烈和体内的疼痛

一盆三叶草被春风孕育

嫩芽从窗台爬上来

携着难以捉摸的晨光

收容我窗前的寂静

每个生命都踏着青春的节拍

那颗含着绿意的嘴唇

露出还未散开的笑容

读懂你长相厮守的幽梦

霞光深处理想郁郁葱葱

驱逐昨夜的白露

睁开大彻大悟的眼睛

整理好前世的山泉云朵与鸟鸣

更多温暖与感动

喜悦了我的心灵

晚霞落在荷塘里

荷塘深处，夕阳投来飞旋的光影
携着初夏的雨露
认下一片天空
千载的白云，也回眸一笑

从对岸小溪飞来的蜻蜓
盯着莲子的眼睛发呆
她在这里，遇见一次宁静的晚霞
就会有一段销魂的里程

荷塘边，我手足无措又无所适从
那些被我忽略的时日
引领我穿过涟漪荡漾的荷影
仿佛遇见，一场奢侈的梦和爱情

月光从花坛跳出来

佳人取酒微醉
深不可测的箫音代替风起和云涌
所有味觉，全都被唤醒

梅香在月光深处铺展
斜月边瘦削的篱栅溢满隔世的念想
多少梦清冽、温暖

这个夜晚，云彩挂满树梢
心跳压进光影
站在缄默的村落看溪水流成了月光

梦幻与星光

群山之间已是黄昏
是什么，穿过我双手合十的手掌

沐浴着落日余晖
仿佛我的旧情人，在缠绵呢喃

闭上眼睛
一抹孤烟穿过村庄，向我飘来

远方鱼鳞似的灯火
呼应着天上人间

夜已越发深沉
摇曳的星粒，在土地燃烧

怀抱燃烧

让梦幻在夜色中，星光一样璀璨

叠彩巴岭名满四方

有个叫巴扎营的地方
天地灵气把我滋养
桃李满坡流青翠
花椒装点好时光
竹韵悠悠走进你
官马古道青石苍苍

八百米长坡山高水长
八仙寨传说令人神往
张口石情留情郎语
茅草河叮咛记心上
喜看归牛饮夕阳
叠彩巴岭名满四方

巴岭巴岭我的家乡

梦中的山花烂漫芬芳

巴岭巴岭我的家乡

幸福的家园和谐安康

巴岭巴岭我的家乡

美好的歌谣轻轻传唱

默契

窗台一盆盆鲜艳明丽的花草
穿过妻子的手，放进暖暖的阳光
懒散的我，偶尔跟在后面
浇浇水，清理落叶
留住一个个平凡的日子
生命的默契在此重合

这眼前的花草，不仅仅是风景
还是风情
如果我的心再平静一些
或许，可以感受到微微怒放
在我山一程水一程
找不到春天的时候
赏花、看草，甚至每一片叶子
都是我料峭中的笙歌

路过你的内心

生机盎然的池水

绿得像岸边的嫩柳

一道道波光微澜，眨着眼睛

一道道靓丽时光，就此停住

这一切都为我所追寻

我无法探知水中深渊

却听到了风和日光对话的声音

路过你的内心

宁静的水波开出花朵

大好的心情在这里集结

一个沉默而内心安宁的人

融化在闲云轻飞的倒影里

身体里折射出的光芒

如同我足够丰盈的中年

望水而立，静听虫鸣
在喧嚣和沉默之间
谁挥长水袖
把一段斑驳往事
从落晖中起身

远处，跃出水面的一尾鱼
漫开一圈一圈涟漪
阳光拉开荷叶

一束阳光拉开荷叶
一种声音从荷叶深处响起
透过莲子的影
青春的心，弥漫出
夏日的进程和要义

沿着荷的叶脉缓缓前行
左手临风，右手临水
从你青绿的身上获得的灵感
我不知道，能否抵达
莲子般的内心

没有人看见，我们曾

一桨一桨划过的荷叶

最后的吻悄无声息

我向你诉说我自己

轻轻地拨开荷叶

涟漪晃动着落日

晚霞的盛会在我手中燃烧

不变的时间里

生怕一不小心

荷叶下拉长的孤独

被一只蝴蝶撞见

第四辑　我们和你在一起

如梦初醒在天上人间

山高路远坑深
几十年来　这几家人
没有离开过这里
一辈子匍匐在土地上
守望几亩薄地
几座孤坟　重复
在山村的黎明与黄昏

画面梗阻在这里
精准扶贫　开启旅程
架一座桥梁出一座高山
连一条销路活一方新村
送一本书籍开一地笑颜
早起的虫子也在规划来年

如梦初醒在天上人间

银杏樱花葡萄遍地橘香
紫荆玉兰蜜桃高山杜鹃
院坝里构思　山坳里刻痕
一村一品　一户一策
希望中　以除去野草的姿势
拔去病痛的根

夕阳依然落下　又见炊烟
迈着轻快的步履前行
曾经踩过的枯木已经返青
从拐角回廊出来的新娘
就像今年落下的阳春和白雪
欢声笑语　麦浪般翻滚

小康路上

用"小康路上
不让一个人掉队"的号角
用"俯首甘为孺子牛"的声音
奏响精准扶贫的乐章

走过红土地黄土地黑土地
走过圈舍竹篱山冈
一次次月下促膝长谈
一个个精准施策良方
一回回倾心相扶相帮
像点点星火照亮失却的信念
佝偻的人群重新挺直了脊梁

撼动心灵的挚爱和热忱

让每一个贫困户

涌动起蓬勃的力量

他们沿着扶贫的梯子

努力向上向上

梦的距离越来越短

不丢队的理念在神州大地

姹紫嫣红闪闪发光

冬去春来寒来暑往

每一朵云彩都含笑

每一片土地都沐浴朝阳

从此他们的夜里

不只是星星与月亮

还有了诗意和远方

扶贫路上

秃岭子山长高了
优雅的云雀从远处回来
曾经的羊肠小道，阔了直了
时光在这里不再陡峭
叶子的喧哗充满耳廓

倒虹管送来的清泉
醉成梦中的彩虹
辛凉的山里人
好似被施了翻身法术，深重里
谁人揿亮前行的灯塔
同一片蓝天下，你我
活在共同的词语里

走在贫困的村庄

每一步都芳草如茵

一处处山重水复的后面

都藏着惊喜的柳暗花明

一条通往农家客栈的竹柳疏影

一泓清溪里，酒旗招摇

日子被时光改写

朔地春风起

山涧溪水，从白云里跳跃而出

天空蔚蓝，裁剪出归雁的声影

风吹来，茂盛的夕阳

一直铺向远方

贫困的生活，一切已经过去

日子被时光改写

这是新时代的恩泽

这是精准施策的力量

水洗过的阳光下

一条条阡陌交错的小路

满怀笃定的信念

延伸着春天的故事

把寒露凝结的座座农舍解冻

作物、特产，剪除一片荒芜

熟悉而亲切的土地藏着惊喜

岁月流连，斗转星移

我是那个顶风冒雪回来的人

喜怒哀乐已落地生根

眯着眼，遥看暮云里山顶

一群游客，倚着观景台

等着星光到来。今夜

我无法抑制战栗

我的果实，从此不再酸涩

我不是匆匆过客

方斗山端坐在梦里

云朵，歇在悬崖上

一个贫困村驻村队员

踏着月光，一户户

打开沉睡的光阴

松软而空旷的原野

是几千年的寂静。因为爱

踏石留痕的足印

以深入地狱的力量

丈量泥土的广袤

方斗山起伏着今生的故事

乌杨溪带走了前世的叹息

一年一度的来临，一年一度的盛开

我不是匆匆过客

这既熟悉又陌生的土地

我想再用一个秋天

选择孤独地留下。我愿意

和你承受生命之重

农家

花椒、柑橘、西红柿、红高粱……
满山满坡的经济作物
纯净温暖翠绿亲切
总把人往春天的路上带
庄稼繁茂，丰衣足食

不需要你报告我消息
眼角眉梢都是美和丰富
仿佛画家把自己虚构的
那些风中摆动的花朵、绿叶
珍藏进这片沃野里
远方的云朵，落进
长满果实的日子

村口行走，观察、思考
我的幸福有些滚烫
今夜，暖风释放的花香
会同明天的曙光一起
温暖一排排新的农舍

金色的秋天从山里走来

敞亮的瓦房，告别土墙围栏
挑水的扁担在屋角深处打鼾
自从扶贫工作队到来之后
他家的牲畜多了，果也甜了

逢集必赶的老农
气色比筐里橘子红润
他告诉我，等南坡水果卖完
他要去大城市留个足迹
我知道今年的收入
支撑着他这个底气

金色的秋天从山里走来
蒲公英风一样在村落舒展

392

我用自己的方式

轻轻摇落桂花逸出的清香

沿着雪花泪奔的世界

春天已在不远处酝酿

思念在我心上开启
——追忆扶贫干部杨骅

你走了，悄无声息
辽阔的金鸡山河
将一段岁月关闭

重阳登高，九月九的夜风
深情地穿过我的衣领
将思念和疼痛在心上开启
那满山满坡的黄花槐
开放着你的风发意气

你用四十八岁的灿烂
你用"小康路上，
绝不让一人掉队"的誓词
抒写着扶贫路上的点点滴滴
认识你的青山流水

还在柔美而坚定的绽放奇迹

你走了，我羞愧自己
写不出绝妙好词
穿过你曾走过的农家阡陌
我向天空喊出金色的炸雷
豪情喷发的你何处寻觅

今夜，月光流失
我想用金鸡镇的方言
预支一段流光
从泥土里呼唤你——
归去来兮

入口

任意时刻，他从来不耽误

鸡鸣桑树，狗吠深巷

草垛与灶房的烟尘

早已熟悉。一轮轮日月

在他急促的身影中

落下又升起

这群不知疲倦的人

以青春，以理想，以品质

用骨头里的光辉

找准贫困的入口

细细聆听，每一座山

每一道梁的回音

被希望鼓动起来的心

血液开始沸腾
曾经佝偻的灵魂
一个个直起了腰身

重生

这一个个曾经被忽略过的村落

斜倚在日子深处

一条小路储存在他寂寞的岁月里

命运深处的重生

一只手推开月光深处的胆怯

一个人在暗夜举起灯盏

那些痴傻的草木

被一缕缕金色阳光煽动着

山上枇杷毫不吝惜掏出所有积蓄

多么粉红的幸福

在暖风婉约轻摇之下

正从水晶式的光明中缓缓走来

站在垭口的枫香树下张望

蛙声，沿着夜风的诺言

在六月的稻浪里起伏

扶贫路上的合唱

打开时间，把光芒给你
一树树一簇簇绿满天涯
小康路上，一个也不能少的号角
蓬勃成万里合唱

精华山、猫儿山、方斗山
集中连片贫瘠的村庄
从此，橘竹桃李颤动
生命里好气候，毕露锋芒

扶贫济困，为体内自生风云
光芒普照里，每一位个体
都是值得尊重的人
你我都是祖国的好儿郎

爱心滴穿礁石

不知名的只只翠鸟
吐出青山云影雨水的微笑
收割机田野来来回回
锈蚀了千年闪亮的银镰
一群退役的老牛，柳荫下
正静静地吃着青青的草

自从扶贫工作队来到这里
贫瘠的山村开始喧嚣
漫长的冬眠被一脚踹醒
千年山花，穿越千亩云朵
辽阔风景，在我视线里招摇
沿着紧咬的牙关
伴随剪断脐带的阵痛，春的梦

开满脸上的喜悦

热情的目光推开一扇扇窗

沟与坎，泥与草

涌起脱贫致富的波涛

枯月悬挂，迢迢远山

不再是无人遥看的孤岛

没有什么能够阻挠

爱心滴穿礁石

移至这山村一角

我们彼此靠近

一棵树开枝散叶

一地树郁郁葱葱

一朵花开，一树花开

辽阔的风景，在我视线里

徐徐展开

一条路不再泥泞

一个人不再挣扎

缕缕春风一起填平人间的沟壑

丝丝阳光一同染亮祖居的家园

我们不由彼此靠近

仿佛无数条溪水在大河融汇

阳光和风的抚摸

留下一个永远的承诺——

小康路上一个也不许掉队

铿锵有力的誓言

一如情书的忠诚

悬于高处的梦境灿然开放

沿着一道道崭新的叶脉前行

透过泪水，我看见

我们一同哺育的果园里

满含笑意的果实

顺着倔强的意志

枝叶顶着幻想向幸福攀缘

今天，我又来到这里

一张明白卡
撑起季节的暖
苍白的岁月，扶贫人
前赴后继，足音漫漫

阳光推开闭塞的深山
吐出青翠，吐出温婉
星辰也赶来，一次次
找准补齐命运的短板

今天，我又来到这里
阳光下，他扎着栅栏
脸上的笑容写满自信
那笑容里，流下豆大的汗

我们在哪里相遇

一夜春风

把岭上的衰草

辽阔成烟笼的绿茵

葱郁的信念织满年轮

扶贫路上，一年年

唤醒他的恍惚，一次次

擦亮晨雾的眼

放慢舒缓的脚步

我听见新长出的许多枝叶

把希望托进白云的絮语

风调雨顺，人勤春自早

贫瘠的根被一点点挖断

贫瘠的土地同样栖息星辰

我们在哪里相遇

哪里就是打开春天的门

我们在哪里相遇

哪里就有彼此传递的力量

踏破铁鞋的小径

足以安顿一颗失落的心

初夏的黄昏

我又来到这里

岭上两旁耀眼的余晖

从一根树枝的顶端

蓬勃出鼓满了心事的果实

仰望这广阔缤纷的天空

扶贫与扶志的恋曲

正爬满这悠长的夏日

阳光下的柑橘

这淡黄或肉质的色泽

是扶贫工作队种下的甜蜜

六十多株方正的沃柑品种

像一种秩序在这里精心排列

一株株橘树的拉伸吊管理

阻止了枝蔓任性的横生

也校正着他慵懒的灵魂

阳光均匀地泼洒下来

每一个芽苞都在忙碌

工作队早已走进他的心里

久违的喜悦挂在脸上

诉说着枝头挂满的红利

一个个橘子，留下时光和故事

在曾经贫瘠的山村

只为那贫瘠的，永不再来

暮色的低空下

从黄泥浆里掏起月亮

一颗接一颗的汗珠

从骨髓缝里溢出来

心里的光明和温暖

如同母亲盼着孩子生长

每天，自行车驮着他很累

平生的目光和力气

汇聚在这山坳里

流出山涧的溪水

也看到了幸福的影子

那山里的闪电告诉我

曾经时间的迷局找到了出口

孤独的崇山峻岭，一天天生动

整村八十一户贫困家庭
走出了属于自己的命运
明月千里的喜悦，被永远定格
几根新生白发
只为那贫瘠的，永不再来

新生

宁谧的夜晚，临山而立
岁月中背阴的段落
被星光点亮，一袭月光
把大地轻揽入怀
深陷时间的困境
被光阴突破

光影一点点聚集
身后的山和树林
从未见过这光彩夺目的新生
一次次和土地的对话
一双大手磨出老茧
一株株沙哑的老树光阴错落
感应着枯木逢春

贫瘠的土地从此温热

什么都在成长，而小溪
依旧不知疲倦地流着
日子一转身
仿佛重开一片天

承诺

满山满坡的硕果
承接时光雕刻的修辞
一个个枝头挂满成熟的果子
一如几年出发前
春花兑现了秋实的承诺

积攒经年的话语
火焰般跳动在心里
使命神圣，唤醒沉睡的故事
来回路上，收获着爱与坚韧
梦想的距离不断缩短

树上的果实，挂满阳光
生活开始多汁，如饱满的浆果

秋风从四面八方赶来

抱住我不住摇晃

一群人带来的笑颜

正开放在我眼前

一片高粱让梦不再虚无

我在巴岭坡上来回

这些高粱和主人我认识

有的穗子悄悄地探出头来

我们无声地对视

又一个风雨后

站在高处眺望

太阳在唇边轻轻流淌

一株株快要成熟的高粱

紧紧拽着脱贫的光芒和性子

酝酿着一粒粒饱满的力量

一片高粱让梦不再虚无

分明的季节里

时间变换了颜色

回望一片片红晕

一盏盏太阳提着的灯

犹如夏末的精灵

我看见，生命旋转的轻盈

我从岭上走过

那些黎明即起的词语

那些草丛中被月光打翻的虫鸣

不肯轻易吐露

汗滴禾下土的秘密

一棵树引发一片森林

一棵树在岭上倔强地挺立

它黑、它老、它粗糙

它在高高的岭上

犹如一盏不灭的灯

更是时间不朽的化身

不知什么奇异的风

把你从远方吹来

你以化石般的耐心

重复着荒野岭上的风雨足迹

一株株新植的小树在你脚下

一次次像是要枯萎

又一次次让它重新站起来

一棵老树成为你一个支点

撬动出一片森林

生命的底色被你枯枝般的手

反复擦亮

幽幽的绿，映照出岭上的云淡风轻

清风贴着岭上新芽的背景

仿佛是一次梦中相逢

暮色四合，再回头凝视

无限地千载白云

在那棵老树新开的枝丫上

接住一颗颗晶莹的星

友情推荐语

　　向建国是个田园诗人。他的诗散发着泥土和果实的芬芳，他的诗是新鲜的麦子、稻穗、高粱，是桃花、橘树、青松。他的诗集就是一个村庄，有人世间的烟火、冷暖、疼痛、爱情和春秋，慰藉人心，叩击灵魂。

　　　　——中国作协会员、重庆文学奖获得者　秦勇

　　自然、乡村、泥土铺垫了他的人生与诗歌的底色，与此相关的人、事、情、思成就了他诗歌写作的向度。他的作品单纯、质朴，带着自然的舒放，乡村的宁静，泥土的芳香，有时飘逸，有时厚重，有时又带着淡淡的忧伤，或者闪现出微光般的梦想。他的作品没有明显的雕琢痕迹，只让内心的情愫通过文字缓缓流淌，有如滚滚长江岸边的一条小溪，

在汇入滔滔江水之后会被淡化、被忽略，但在曾经流过的地方，这条小溪拥有属于自己的风度与纯度。

——中国作协会员、重庆作协副主席、博士生导师、重庆德艺双馨奖获得者 蒋登科

向建国心有故土，诗有乡魂。他敏锐的观察、思考和表达准确地切入现实生活与生命的感悟。无论是历练还是追溯，寄望还是感恩，都隐含着一种与别人区别开来的通透与畅快，质朴而率真，清朗而醇厚。有形或无形的"我"几乎贯穿他整个诗中。由此，我们感受到更多的来自诗人心灵的热度和力量。同时，"我"的贯穿，也打通了时间和空间的壁垒，实现了诗人自由抒情的理想。诗人笔下的人和事物为我们提供了诗歌应有的质地、气息和意蕴。

——中国作协会员、重庆市作家协会副主席，一级作家 谭明

向建国的诗，语言优美而纯净，如山间的一泓清泉。意象新颖而缤纷，如田野的一树繁花。形式和节奏上都颇具匠心，使他的一些诗作透露出一种唯美的气息。他以自己的方式赋予田园中的事物，以美和梦想，使生活散发出光辉。

——中国作协会员、原《诗刊》编辑 唐力

向建国的诗意源于滋养他的忠义之灵气，每一句都是血与火的凝固，每一段都是山水情怀的叠加，每一首都是献给灵魂的赞歌。这些喷薄的长短句，隐喻于天空之上，奔腾于大河之中，飘逸于诗人紧抱的故土之外。

　　——中国作协会员、重庆新诗学会副会长　周鹏程